JN201476

できたら
いいなあ
⬅
やってみよう

目からウロコが落ちるかも

辻本加平
Kahei Tsujimoto

JDC

はじめに

この本は日常生活の身近なところからヒントを得て、完成しました。小さなヒントが人生を大きく変えることもあります。善人と悪人なら善人に、強い人と弱い人なら強い人に。生きて行く力と、教養が身に着かれることを願っています。お読みいただいて、各章ごとに目からウロコが落ちたかご判断下さい。

目次

目からウロコが落ちるかも

「目からウロコが落ちたか」採点

A＝目からウロコが確実に落ちた
B＝ウロコが八十％は落ちた
C＝内容に共感できた
D＝五十％は共感できた
E＝まったく感じることがなかった

1 甘えないでね

若い方が「忙しい」「しんどい」「部下の悪口」等、マイナス言葉を安易に口に出される時があります。気になって筆を取りましたが、私も同じような事を言っていましたので反省も込めて・・・。

「忙しい」は本当に多忙で充実されている人は言いませんが、少しだけ忙しい人が口にするように思います。それは私はこんなにたくさん（?）仕事をして大変なんですよ、私をもっと認めて、いたわってくださいという甘えの表現です。仕事を断る口実にも使います。「自分を認めてほしい」という承認欲求の強さは、自己肯定感の低さ、自信のなさの表れです。言葉は力を持っていますので、マイナス言葉は自分のエネルギーを奪い、他人のパワーも低下させます。厳しいかもしれませんが「忙しい」は、自分は仕事が遅い、計画性、段取りが悪いということを世間に公表していることになります。メリットはありません。

「しんどい」又は「疲れた」も同じです。口に出すたびに「自分はしんどいんだ」という意識が強化されますし、周りの人も少しは心配します。自分はしんどくなるぐらい頑張っているので、優しくしてくださいという裏のメッセージが隠されているようです。これも甘え言葉で、自分は健康管理が下手ですと多くの人に発表していることになります。でも本当にしんどい時は、信頼できる人に相談する、または過労で体と心が疲弊する前に休養してください。自分の健康は自分しか守れません。

若い時、友達の社長が、幹部が退職するとき彼の悪口を言いふらしている姿を見て、みっともないと思いました。色んな勉強会に今も顔を出しますが、たまに部下の悪口を発言する人がいます。外部の人に言うことでスッキリするかもしれませんが、部下を育てる能力のない、自分の器の小ささを見透かされています。「部下は上司の思うように動く」と私は思います。自分に媚びを売ってほしいと思っていると、それを伝えなくても自己防衛本能がありますから部下は媚を売ってきます。黙って俺の言う通りに動けと思っていると、考えないイエスマンが増殖します。まさに「自分が源泉」です。自分に甘く、部下を否定することは百害あって一利なしです。

高校野球甲子園優勝経験があるA監督は、部員に「しんどい」「～が痛い」というマイナス言葉を大会前に人前で話すことを禁止しています。本当にそうなら直接監督に伝えることを求めています。強くなるチームにはマイナス言葉は似合わない、プラスの言葉の方が大歓迎のようです。若者に自分に対する甘えを控えることを教えること、まさにこれぞ教育です。

「類は友を呼ぶ」という諺があります。犬には犬が、猫に犬は集まりません。会社で不満を持っている人の周りには同じ人が集い、お互い愚痴をこぼし、慰めあいます。やる気のある人の周りには、前向きな人が集い、将来を語り合います。今、どのような人が自分の周りに集まっているのか、観察すると自分の今に気付くことができます。甘い考え方の人が集まっていたら要注意です。

私たちに完成はありません。いつまでたっても発展途上人です。私も若い時を思い出すと「後悔」と「反省」がいっぱいですし、今でも「ミス」をしてしまいます。豊富な体験を通して、思考の蓄積と、幅広い教養を身に着けていきましょう。

「目からウロコが落ちたか」採点をしてみよう！
A
B
C
D
E

2 「コーチング」も「ティーチング」も

少し前の話ですが、日本ＩＢＭの新社長に就任された椎名武雄氏の元に、米国本社の役員が訪日され、面談がありました。役員から「あなたの次の社長候補を、数名ピックアップして下さい」という依頼があったそうです。就任早々何を聞くかと思ったのですが、世の中何が起こるか分からない、企業には継続性が大切だからと説得がありました。数名の名前を提出すると、今度は「各人の長所と課題を教えて下さい」という要望がありました。日本では通常ここで終わると思うのですが、さらに「各人の課題を克服するために、社長であるあなたはどのように対処しますか」という質問があったようです。役員は新社長を信頼して、上手に意見を引き出していますよね。私はさすが「コーチング大国アメリカだ」と思いました。

野球部の指導者が選手の打撃を見て、「ああしなさい、こうしなさい」と教えているのは「ティーチング」です。選手が打てなくなったので「どうしたらいいですか」と聞きに来た時に、教えるのも「ティーチング」です。「コーチング」では「打てるようになるために、君はどう思う」とまずは考えさせます。職場で部下が「これ、どうしたら上手くいきますか」と来たら、教えてあげるのが「ティーチング」で「どうしたら上手くいくか、考えてごらん」と質問して、相手の考えを引き出すのが「コーチング」になります。相手に教えてあげるのと、考えさせるの違いです。「ティーチング」は相手と依存的な関係になりがちですが、「コーチング」は自立的な関係が出来上がります。自分で考えて行動できる人材を育てるためには「コーチング」が有効です。

目標が達成できなかった部下、又は、学生に対してどのような対応をしますか。結果を責めて、原因を厳しく指摘して、次回は必ず目標を達成しなさいと叱責してしまうことがあります。やっつけてしまいますよね。お互い気まずい思いが残り、本人のやる気が高まったか疑問です。「コーチング」でやると基本的には質問をして気持ちを引き出していきます。コーチ役の人は、丁寧に、そして「聴き上手」を意識して下さい。

◇目標を達成できなかった部下（学生）に対して

質問1、「今、どんな気持ちかな」

殆どの場合、「反省している、悔しい」という思いが返ってきます。

質問2、「何が原因かな」

本人が自分で考えて反省点を話してくれます。

質問3、「次はどんな結果を出したいか」

気持ちを未来に向ける質問です。多くの人は、目標を明確にして、次こそは結果を出そうと心に決めます。

質問4、「その目標を実現させるために、具体的にどうするか」

自分で考えて、いろんな案が出てきます。他に良い案があれば提案して下さい。

叱責しなくても、本人のやる気は高まります。

「ティーチング」は間違っているわけではありません。「コーチング」のように時間もかかりませんが、自立心を奪っている可能性があります。「コーチング」も万能ではありません。意識の低い部下（学生）には「ティーチング」でズバリ教える方が効果が高い時があります。「ティーチング」も上手に「コーチング」もしっかり学習して下さい。相手と状況によって使い分け出来る、引き出しの多いリーダーが理想です。

追伸：日本IBMの椎名社長は、候補者教育を強化されて、数年後には立派な後継者を育て上げました。

「目からウロコが落ちたか」採点をしてみよう！
A
B
C
D
E

3 話の長い人は教養がない人だ

先日、友人が主宰している勉強会に参加しました。懇親会があり、終了まじかに司会者が「今日はビジターの方が二人出席されていますので、ご挨拶をお願いします」と話されました。「なんぎやなぁー」と思いながら、友人にも促がされて前方に行くと、すでに一人目の方がステージでマイクを持っておられました。その方は60歳ぐらいの男性です。「自分は一流企業に長年おり、重要な仕事をして、問題が発生した時は的確な判断をして乗り越えてきた」と長々と話されました。横にいた私は、会場が少しずつ嫌な雰囲気になっていくのを感じました。次は私の出番です。「話しが長いのは教養のない人のすることだと、教えを受けていますので手短に話します」と言って30秒ぐらいで終わりました。帰りしなに友人が「よう、言うたな」と褒めて（？）くれましたが、話の長い人はどこにでもいます。

別の友人が、私との会話中に「辻本さん、先日○○ゴルフに行ったんですよ。上場企業のA社長と都市銀行のB支店長とそして国立大学のC教授と。その時教授が『人生は〜だ』と話されました」。皆様はこの話をどのように思いますか。私との会話で必要だったのは教授が『人生は〜だ』という言葉だけです。名門のゴルフ場、上場企業の社長、都市銀行の支店長はいりません。では、何故友人はそれを言いたかったのか、言わざるをえなかったのか。彼の深層心理はいかに？

人間は「他者からの承認」と自分で自分を愛する「自己承認」が必要です。この二つが満たされていると、心が健全になり、前向きになれます。二つとも必要ですが、

「自己承認」の方が大切です。自分のことが好きで、よく頑張っていると思っていると、他人の目があまり気になりません。逆に「自己承認」が不充分なら、空いているスペースに「他者からの承認」で埋めようとします。自慢することによって他人に褒めさそう、認めさせようとしてしまいます。話が長い人、自慢話が多い人、名刺に肩書きをたくさん載せている人は自分のことをあまり承認できていない人です。自分のことをもっと好きになると自己顕示は少なくなります。

私たち人間は他人にはほとんど興味はありません。そのくせ自分には興味を持ってもらいたい動物です。人の話はほとんど聴いていませんが、自分の話は聴いてほしい、我がままな生き物です。でもここに上手に生きるヒントがあります。逆をすればいいのです。自分のことをあまり話さずに、相手の話を聴いてあげるととても良い関係が出きます。名カウンセラー、名コーチは常に相手の話に耳を傾け、共感しています。

「自分が、自分が」と思い、もっと認めてもらおうとすると、話が長くなります。

その結果逆に「嫌な奴」になってしまいます。言葉は無意味です。近くにいる人に興味を持ってください。そうすることが自分を愛することにつながります。話はシンプルに！

「目からウロコが落ちたか」採点をしてみよう！
A
B
C
D
E

4
ちょっと損する方が良い

大阪難波は繁華街です。最近は海外からの旅行者でいっぱいです。もしこの地で殴り合いのケンカをしたとします。「勝つ」か「負ける」か、どちらを希望しますか。もちろん「勝つ」ですよね。でも負けた方には恨みが残ります。仕返しをしようと凶器を持って難波周辺を徘徊しているかもしれません。難波に行く時は、少し緊張しますし、出来るだけ避けようとするかもしれません。勝ってしまうと、難儀な問題が残りますし、相手が勝利すると今度は相手にストレスがかかります。「**勝ったら後が怖い**」

私の友人は今、名古屋に住んでいますが、実家は堺で両親は地元で商売人でした。長男が家業を継いで、親の面倒も見ていたようです。両親の死後、遺産相続でもめました。次男の彼は法律にのっとりしっかり主張したようですが、長男は親の老後を見守っていて、ほとんど何もしなかった次男に不満があったようです。でも彼はもらう物はしっかり取り、長男には不快な気持ちが残りました。その後、仏壇にお参りしようと実家に帰ると、長男から「どちら様ですか」と言われて、正月も帰れず、法事にも呼ばれず、叔父さん、叔母さんからも冷たくされているようです。兄弟げんかはみっともないですね。「**覆水盆に返らず**」

最近は少なくなりましたが、オーナー企業の社長、政治家等が元気が有り余って妻以外にお妾さんを持つことがよくあったようです。その女性と別れ際、男の度量が試されます。もちろん最後はお金で片を付けるのですが、いくら払うか。ケチると女性に不満が残り、その不満を口に出して男の悪口が広まり、大恥をかきます。充分な額をもらうと、感謝が残り、口外はしません。**「値切ると高くつく」**

友人のケーキ屋さんから教えてもらった話です。年に一、二回お客様からクレームが来るようです。商品に難癖をつけられたり、店員の対応が悪いとか。若い時は腹が立ってお客様に「私は正しい」「あんたがおかしい」と議論をして打ち負かしていたようです。その結果、お客さまに不満が残り悪評を立てられました。最近はそこから多くのことを学び、クレームはチャンスととらえて、理解して、受け入れて、帰り際に少しの商品を進呈すると恐縮されるとのこと。その方がリピーターになってくれると、とても嬉しいようです。**「やっつけたらあかん」**

10個のみかんを二人で分ける時、どうしますか。自分は8個で相手は2個、相手が8個で自分が2個、どちらの案もグッドアイデアではありません。5個対5個も公平でいいのですが、相手が6個で自分が4個も素敵です。私達は日常生活で、小さな争い事、たまには大きなもめ事も起こります。自分の欲求を少し控えると、喜んでいただいて、感謝という貯金が作れます。
勝たねばならない時は、全力で戦うことは必要ですが、今後のことを考えて、少し余裕を持って、無理に勝たなくてもいい時が結構あります。**「ちょっと損する方がいい」**これホント。

「目からウロコが落ちたか」採点をしてみよう！

A
B
C
D
E

5 「未完了」を「完了」させる

私たちは、ややこしい問題がなかなか解決しない時、待っている返事がいつまでたっても来ない時等、イライラが高まります。特にスピード感の乏しい人と仕事をすると、すぐに決まらずとても不快です。未解決の問題（未完了）があるとストレスが増加して、その結果内臓を傷め、寿命にも影響します。しかし解決（完了）すると解放感、達成感が味わえます。

私たちは、過去の出来事の多くは「完了」していますが、心の中に怒り、後悔という「未完了」も少しは残っています。例えば小学生時代、あの人の行動、暴言は未だに許せない。もう一つは自分に対して悔やみがあります。何故あの時、あんなことをしてしまったのか、言ってしまったのか・・・。いつもは忘れていますがたまに出てくる嫌な思い出です。「探偵ナイトスクープ」という依頼したことを解決してくれるテレビ番組があります。過去に自分の心を傷つけた人に怒りをぶつけたい、謝ってもらいたい、昔いじめた人々に謝りたい等の少し重い依頼が、たまにあります。十年前に貸した漫画を返して欲しいという、かわいらしい内容もあります。これらは未だに気になっていることを、早く完了したいという願いです。完了できるとスッキリします。

私も過去の「未完了」を持っていますが、思い出すと心が痛みます。テレビ番組のように、当時に戻り解決できればいいのですが、現実はなかなか難しいです。今となっての解決策は、自分が迷惑をかけた人に「ごめんなさい」と、そんなことをしてしまった自分自身を許し、受容できるといいです。そして迷惑をかけられた人も許してあげれば完了できます。それでもまだ残っているようでしたら、「許せない自分」を責めないで、受け入れてあげて下さい。歳月が風化させてくれることも期待できますし、出来るだけ思い出さないようにして、天国に持っていきましょう。

過去の「未完了」もありますが、日常生活での「未完了」はとても深刻です。友人が愚痴をこぼしに来ました。奥様と小学生の子どもさんと生活していますが、彼の目から見て、家の中が汚い、片付いていないようです。見かねて「家の中をもっと片付けろ」と怒ったら、彼女からきつい反撃をくらい撃沈。その後彼は何も言えず、片付いていない家の中で悶々としているそうです。残念ながら「未完了」は続いています。彼曰く、「いつまでこのイライラは続くのでしょうか」

仕事を頑張っている女性からの相談です。上司が夕方になって「今日中に、お願い」と仕事の依頼がよくあるそうです。突然の依頼で残業の増加、夕方からのプライベートな予定が決められない等、大変なので、思い余って抗議しました。結果は上司から嫌味を言われて、会社に行くのが苦痛になったようです。問題は未解決です。

中学三年生のお子さんをお持ちのお父さん、お母さんから、よくある相談です。親から見て、子どもは「やる気がない」「勉強しない」ようです。注意すると、子どもは反抗するので、効果もなく、イライラが募ります。「我が子の将来が心配、どうしたらいいでしょうか」

前頁のように、私たちは多くの「未完了」という負荷を持って、人生というマラソンに参加しています。もし抱えている荷物を減少させれば、心も体も軽くなり、より快適なマラソンができるでしょう。「未完了」を「完了」させるには方法はいろいろ考えられます。

◆A案　私たちがよくやってしまうのは、説得、指導、命令、説教、脅迫です。自分はそのままで、相手を変えるための方法、別名「やっつける方法」とも呼ばれています。相手に納得感があれば成功しますが、なければ失敗です。相手は勝てないと思うと、いやいや従う。又は従った振りをするかもしれませんが、反発してくる可能性もあります。もちろん成功する方法も沢山ありますが、人生を楽しむ一つの方法は、未完了を減少させることです。次回、乞うご期待！

「目からウロコが落ちたか」採点をしてみよう！

A
B
C
D
E

6 「完了」させると楽になる

今回は「未完了」を「完了」させる方法です。私たちは問題が発生した時、前回で説明したA案・相手をやっつける方法をしてしまいがちですが、残念ながら結果は失敗に終わります。この時、相手の壁は強力だ、自分には無理だと諦めてしまうと、ストレスはいつまでも続きます。今回は相手を尊重して、自分も気分がよくなる表現方法を学んでいきましょう。自身のコミュニケーション能力向上にも役立つと思います。小さな努力が求められますが・・・。

◆B案　伝えるタイミングが大切です。人間関係には三つのパターンがあります。一つ目は相手が問題を抱えて、イライラしている時、二つ目は自分が不快な時、三つ目はどちらも気分が良い時です。前回登場した、家がとても汚くて片づけない妻を見てイライラしている時。夕方になって急に仕事を依頼してくる上司に対して怒りを感じた時。テスト前、いつまでもテレビを見続けている子どもを見てイライラしている時。これらは二つ目の、自分が問題を抱えている時です。この時に怒りの感情を相手にぶつけても、相手も人間です、たとえ内容が正しくても反発してきます。ではどうするか、取りあえずその場はスルーして、三つ目の相手も自分も気分が良い、正常な時に話し合うと、お互い理解しあえる可能性は高まります。要はタイミングです。

◆C案　これは私自身が多くの失敗から学んだことです。今まで、部下、友人等に「こうしなさい」「こうした方がいいよ」と自分の気持ちを伝えてきました。

でも上手くいった時もありましたが、伝わらなくて後味の悪い時もありました。原因を考えると、失敗した時は自分の正しさ、正当性を、相手の気持ちも理解せずに一生懸命話していました。逆にうまくいった時は、相手の幸せのためになるんだという思いで伝えていました。今は話したいことがあれば、相手に対して自分の思いを確認しています。「非難」ではなく「思いやり」で伝えると理解してもらえることが増えてきました。皆様も自分の思いをチェックして下さい。

◆D案 「自分が源泉」という言葉があります。今不快なことが存在している、その原因は自分にあるのか、それとも自分以外にあるのか。自分以外にあると思うと、相手が変わることを求めますが、それは少し安易です。「親（子ども）が悪い」「夫（妻）が悪い」「部下（上司）が悪い」「社会が、政治が悪い」等々。自分は傷つかなくていいのですが、相手もそう簡単に変わりません。不快なことが起こる時、自分が変われる、成長するチャンスです。日常の行動をチェックして下さい。よい解決案が見つかるかもしれません。

◆E案　相手は大切な人です。対話する時、それなりの配慮が求められます。伝える前に、まずは相手が日ごろ行っていることに感謝の気持ちを伝えましょう。出来たら具体的な事例を伝えると効果的です。そして、

「少しお願いがあるのですが」

「大切な話なので、聞いてもらえますか」

「アドバイスをしてもいいですか」

「言いづらいことですが」

等々からスタートして下さい。「自分にも責任があるのですが」も伝えると相手の表情も和らぎます。そして自分は、今何に困っているのかを表現して下さい。部下、子どもと話す時は、出来るだけ対等に、責めないで、冷静に話しましょう。

未完了を完了させる方法は、どちらも気分が良い時に、相手を思いやり、自分も少し顧みて、始めの5分を大切にして話して下さい。心の負担を減少して、人生のマラソンを快適に走ってください。

追伸：「えー、それでもダメな時」はどうするか。問題にもよりますが「信じて、待ってあげて下さい」。それでもダメなら「上手にあきらめましょう」。それでも、それでも「完了」しなければ「離れる」ことも一つの選択肢になります。

「目からウロコが落ちたか」採点をしてみよう！

A
B
C
D
E

7 心をいやす聴き方

皆様は親しい人から相談されたら、どのように対応しますか。聴き方によっては、相手に喜んでもらえるかもしれませんし、不快にさせるかもしれません。例えば、

妻　「今日、近所の人と喧嘩してん」

子ども「クラブ活動、いやになったからやめようと思う」

友人　「会社に行っても、やる気が湧いてこない」等々。

このような悩みを話された時、多くの日本人は「何か気の利いたことを言わなければ」という思いがあります。ですから「ああすれば」「もっと努力しないと」「そのうち何とかなるよ」等、自分の考え、解決策を伝えます。その内容は各人の人生観、価値観から出ますので、人それぞれです。これらの対応を「人生相談型」と言います。しかし、相手が意見を求めているか、疑問が残ります。私の子育てセミナー受講中のお母さんに、ご主人に悩みを相談した時、どうしてもらいたいですかと尋ねると、ほとんどのお母さんは「意見はいらない、黙って聴いてほしい」と答えられます。でも、お母さんは、子どもに相談されると心配のあまり「ああしなさい、こうしなさい」と言ってしまうようです。キリスト教会で懺悔する時、神様は黙って聴いて下さるので、最後まで話せます。「人生相談型」を少し控えて「聴き上手」を学んでください。

想像して下さい。皆様は今、2歳の子どもと散歩していたら、向こうから子犬が来ました。突然子どもが「犬、怖い」と泣き出しました。どうしますか?　ほとんどの方は子犬は怖くないと思っていますから、「怖くないよ」と伝えると思います。大人は怖くないかもしれませんが、子どもからすればとても怖いわけですよ。自分の思いが伝わらなかったのでもう一度「犬、怖い」と伝えます。大人も思いが理解されなかったのでさらに「犬、怖くない」と反論します。「怖い」「怖くない」が繰り返されて話は平行線のまま、子どもに不信感が残ります。「聴く」とは相手の思いを分かってあげることで自分の考えは関係ないわけです。ここは「怖いのね」が上手な聴き方です。子どもは自分の思いが伝わったので、その人に対する安心感と信頼感を持ち、泣き止むと思います。どうしても「怖くない」ということを伝えたかったら、泣き止んで平常に戻ってから、犬にでも触れさせて、「怖くないやろ」と伝えることはＯＫです。

「喧嘩してん」は気の利いたことを言わずに、「喧嘩したんか」がベストです。「クラブやめたい」は「嫌なことがあったのね」と返してあげて下さい。「やる気が湧いてこない」も気持ちを分かってあげて、「湧かないのね」がＯＫです。基本の一つは「おうむ返し」、間違っても話の途中に割り込まない、自分が主役にならないで下さい。話にうなずく、「なるほど」「うんうん」という相槌も効果的です。相手にマイナス、不安を感じていると心配のあまり意見を言ってしまいますが、相手にYESと思っていると聴けます。「なぜそう思う」等、質問することがありますが、質問は「人生相談型」と「聴き上手」の真ん中です。質問をしなくても自主的に話をしてくれることもあります。

人は話を聴いてもらうとどうなるのか。抱えているストレスを安心できる人に吐き出していくと、もやもやが減少されます。話すことによって自分の心をより深く理解して自力で解決策が見つけられることもよくあります。以前私の塾では、子ども達と月一回面談をしていました。小学六年生の女の子が元気がなかったので「どうしたのかな」と優しく尋ねてあげると、少し沈黙があり、意を決したように「学校でいじめられています」と話してくれました。上手に受け止めてあげると、少しずつ元気を取り戻しましたが、少し前に先生、親にも相談したようですが、どちらからもいろいろ言われ、最後には「あんたにも悪い所があるのでは」と叱られたようです。彼女は誰にも相談できずに、一人で抱え込んで、苦しい日々を過ごしていました。自殺した人の近くに「聴き上手」な人がいたら何人かは救えたと思います。自分の辛い思いを分かってもらえるだけでも生きていく力になるのです。もちろん深い悩みの時は専門家の力を借りて下さい。周りにストレスの抱えた人が助けを求めています。あなたも聴き上手で人をいやせる人に！

「目からウロコが落ちたか」採点をしてみよう！

A
B
C
D
E

8 「血液型」と「占い」はお遊びで！

今回は少し軽い内容、日本人が大好き（？）な「血液型」と「占い」の話です。この一カ月、まじめな会議の途中に、そこそこ知的レベルの高い人から恥ずかしげもなく「辻本さん、何型ですか」と質問され、さらに聡明そうな女性が、まじで「占ってもらったら、今年はよくない年なんです」という場面に出くわしました。遊びでは我慢できるのですが、大切な話の時に、この手の話が突然入ってくると不快な気持ちになります。

女性が付き合っているアメリカ人男性に「あなたは何型ですか?」と質問したら、彼は驚いて「その質問の意図は何ですか」と逆に聞かれたそうです。血液型の話が大好きなのは日本人だけのようですね。大学の心理学の講座で先生方は、血液型によって性格が決まるという考えに、揺さぶりをかけるために工夫をされています。俗に「A型の特徴」とされている内容を、これは「O型の特徴」ですと伝えます。(他の型も同じように)そうすると大多数の学生は自分に当てはまると判断してしまうようです。何故なら書かれている各型の特徴はほとんど誰にでも当てはまる一般的な内容だからです。以前、血液型にとても詳しい(?)友人から「何型ですか」と聞かれたので「A型です」と答えると、「分かる、分かる、やっぱりA型や」と言われたことがあります。「A型」は嘘で本当は「?」です。ちなみに性格は「生まれ育った環境」と「遺伝子」から多くの影響を受けています。そして、それらは固定されるものではなく、修正も可能で、決めつけるものではありません。

友人の息子さんが家出をされたので、心配のあまり「四柱推命」の占いに五千円を支払って見てもらいました。出てきた答えは「京都にいる」とのこと。次の日帰ってきたので何処にいたのかと聞くと、「和歌山」でした。惜しかったですね。五千円がもったいない。25歳の独身女性が「何歳で結婚すれば幸せになれるか」とても気になったようで、良く当たると評判の高い占い師をネットで10名選び、見てもらいに行ったそうです。五千円×10件、五万円の投資です。出てきた答えは、10件ともバラバラ、どれを信用すればいいのか、正解率は十分の一か、又は全部はずれれば十分の○になります。五万円は自分を高めるための投資に使った方が良かったですね。私の友人のS氏は特定の占い師の信者です。ある時彼の会社が入っているビルが古くなったので、移転する必要が出てきました。占ってもらったら、今すぐではなく一年後の秋に、南西方面に引っ越すと上手くいくとのこと。彼は経営者としての判断ではなく、占い師の判断通り実行しました。でも数年後、社員の造反によって彼の会社はあえなく倒産しました。

「血液型」「占い」をガンガン責めましたが、これは左脳から、あくまで私の理屈です。人間は理屈では動きません。この二つは既に日本人の文化に根づいているのでしょうか。新聞、テレビでも「血液型占い」「今日の運勢」等が出ています。毎日参考にしておられる方もおられるでしょう。今日のラッキーカラーを見てから服を決めている人もいるようですね。占い通りにすると心が安定するのでしょうか。不安な時には見てもらいたくなるのでしょうか。人生で山あり、谷ありを経験した五十代の「大阪のおばちゃん」が、占いの本を三冊ほど読んで開業したら、リピーターが増加して本業にされています。話を上手に聞いてもらって、勇気づけてもらうことは社会的に意味があることなんでしょうか。でも「血液型」「占い」にすがらない、振り回されない、決めつけないで下さい。まじめな話の途中に何の根拠もない話は持ち出さないようにお願いします。このような性格の私は何型でしょうか。答えはO型です？

「目からウロコが落ちたか」採点をしてみよう！
A
B
C
D
E

9 色メガネで世界を見ている

「坊主憎けりゃ、袈裟まで憎い」という言葉があります。坊主を憎むのは勝手ですが、袈裟は関係ありません。気持ちは分かりますが・・・。私たちは一度「嫌な奴」とレッテルを張ってしまうと、たとえ立派なことをしたとしてもマイナスに思ってしまいます。同じように「素敵な人」と思い込みますと、ひどい行動をとってもマイナスに思えなくなります。これらは判断ミスです。このように私たちは、自分の立ち位置から思考して、この現実の世界を「あるがまま」ではなく「自分が見たいがまま」に見ているところがあります。意識するしないに関係なく、自分の「色メガネ」を通して現実を見ています。機械音痴な私はパソコンを上手に操作する人は「あこがれ」ですが、上手な人から見れば「あこがれ」でも何でもないようです。英語の元 Good speaker の私から見れば流ちょうに話す人に対して別に何も思いませんが、長年勉強しても身につかなかった人から見れば「畏敬の念」を持たれるようです。

私の恥ずかしい失敗体験を話します。学習塾の社長時代、人の採用は私が直接担当していました。年数十回は行っていましたが、ある時、28歳の男性が面接を受けに来ました。面談の中で当時私がはまっていた思想家をその彼も尊敬しているとのこと、私はこの青年を「凄い」と思い採用を決定しました。人間は一度はったレッテルの正しさを証明する情報には目が向かい、マイナスには目に入らなくなります。幹部からのマイナスの情報もありましたが信じたくない、見たくないものでした。二カ月ほどたって事実を見せられてやっと私の目が覚めました。社長失格です。

思い込みはとても恐いです。交際していた彼氏を優しい男、イケメンだと思って付き合っていたけれど別れてから、ふと彼の写真を見ると「なんでこんな男と・・・」と思うことがあるようですね。「**恋は盲目**」

最近も残念ながら「あるがまま」ではなく「自分の見たいがまま」で見ていることに気付きました。人の講話を聞くのがとても好きなので、いろんな会によく参加します。初心者が話される時は優しい目線で聞いてあげられるのですが、プロの先生が話されている時は、あら捜しをしている自分を発見しました。何故そうなったのか、原因は私のコンプレックスだと思います。歪んだ見方をしていました、反省。

このように、ものの見方には「主観」と「客観」に分かれます。「主観」は充分な根拠もなく、自分だけの考え方や思いに基づく個人的なものです。「客観」は個人が考えた見方ではなく、事実に基づいて判断された、誰が見ても確かだと思われる考え方です。自分の色メガネで見ることは、私のミスのように客観性に欠け、主観的になっています。お互い注意が必要です。

日本のマスコミ報道もどれが客観報道か主観報道か、ウイングはとても広いです。左ウイングの朝日新聞は「憲法改正反対」「原発反対」「安保法制反対」です。右ウイングの産経新聞は朝日の真逆の考えをこれが「正論」だと主張しています。左ウイングの新聞を毎日読んでいると自分も説得されますし、右ウイングも同じです。高校生の時、社会の先生が新聞は必ず二紙を読むように言われていたことが懐かしく思います。両サイドの意見をしっかり学んだ後に自分の考えをまとめることをお勧めします。マスコミの「色メガネ」、角度をつけた表現には注意が必要です。

以上のように私たちは現実の世界を「あるがまま」ではなく「見たいがまま」見ているところがあります。日常生活で「少し苦手な人」「うまくいっていないこと」は自分の「色メガネ」が原因かもしれません。色メガネをはずす、又は緩めると、新しい情報、チャンスが回ってきます。自分の「色メガネ」にご注意を。

「目からウロコが落ちたか」採点をしてみよう！
A
B
C
D
E

10
チームワークはいらない

「和を以て貴しと為し」これは七世紀、聖徳太子が国家運営の基本を示した「十七条の憲法」の冒頭にある文章です。当時、豪族たちの派閥抗争が絶間なく、そんな政治の在り方を憂えての言葉のようです。それから約千五百年、色あせることなく、消えさることもなく、日本人の心に根付いています。職場、地域社会、そして家庭でもチームワークを乱さず、各人の我がままを慎み、仲良くすることは大切なことです。最近はほめる達人を育てようと「ほめ達検定」が出来ましたが、いいことです。

これとは逆に「チームワークはいらない」という言葉もあります。シンクロナイズドスイミング日本代表監督として、8回連続オリンピックでメダルを獲得した井村雅代氏の言葉です。チームで戦う八人の団体戦では、全員が九十点の演技をしてもオリンピックではメダルは取れない。全員が百点満点のプレーを本番でやらないとダメ、一人でも九十点のプレーをしたらチームは乱れてしまう。この過酷な状況下、仲良しクラブでは勝てない、お互いが自分にも、仲間にも、厳しく戦っていく覚悟が必要なのでしょう。彼女曰く「愛があれば、叱れる」。

プロ野球でも、草野球でも、強いチームと弱いチームとは大きな違いがあります。ショートに難しいボールが飛んだ時に、アウトに出来なかったら「あのボールは難しい、仕方がない」と周りから慰めてくれるのが弱いチームです。強いチームではアウトに出来なかった選手に対して「なぜ、アウトに出来なかったのか」と厳しく責めてしまう。その結果、その選手はチームの勝利に貢献するために、さらに上手になるように努力するようです。強いチームも弱いチームも偶然には出来ていません。会社の組織も同じではないですか。

私が所属する勉強会は毎週、多くの人が集まって、人生を学んでいます。優しくて思いやりがある方々の集いで、居心地が良いです。会の仲間が講話をされる時があるのですが、終われば良かった所をメモに書いて渡してくれます。まさにほめる達人たちです。でも改善点、修正点を指摘してくれることはありません。講話された人から、評判が良かったので会社を退職して、講演活動で飯を食っていこうと思うのですが、という相談を受けました。勘違いをする方も、させる方も問題があると思うのですが、「和を以て貴しと為し」も時には人を惑わせます。

38歳の時、自分の会社より小さな二つの会社と将来のことを考えて合併しました。一つの会社に元社長が三人も、そして二人とも私より年上でした。三つの会社が一つになっていますので、いろんな問題がとび出てきます。それぞれの思惑がありますので、ストレスフルでした。もちろん組織としてそれなりに成長は出来たのですが、問題によっては突っ込んでいく勇気も気力もなく「和を以て貴しと為し」という言葉を隠れ蓑にしている自分に気付きました。ある意味、学びの多かった時でもありますが、私の失敗体験です。

皆さんが今、所属している組織はいかがですか。厳しいですか、それともアットホームな方ですか。ビジネスとしての成果はいかがですか。結果が上手くいっている、今後も上手くいく確信があればいいのですが、もし満足のいくものでなかったら、修正が必要です。「和を以て貴しと為し」は当たり前、「チームワークはいらない」は、現状をブレイクスルーするための一つのヒントになるかもしれません。まずは自分に厳しくからスタートされては。

「目からウロコが落ちたか」採点をしてみよう!

A
B
C
D
E

11 一億総自己防衛化

「次の五つの中で、この言葉を言われたら、一番悪口だと感じるのはどれですか」

1、まじめだね。
2、おとなしい。
3、天然だね。
4、個性的だね。

5、マイペースだね。

皆様は何番ですか。このアンケートは中学二年生を対象に実施されました。答えは一つに集中しました。それは「個性的だね」です。何故か。彼らは「仲間外れ」「いじめられる」ことに対して恐怖心が強くて、常に他の人と一緒でないと自分の安全が守れないという強迫観念が重くのしかかっているようです。この原因は、小学校時代に自分が体験したこと、又はクラスメイトが受けた仕打ちを見聞きした事から来るのでしょうね。荒れた学校、陰湿ないじめから自分を守るためには個性的な行動は危険なのでしょう。とても残念なことです。

私の前著「幸せを科学する」でも述べましたが、私たちは生まれ持った「自由な思い」と教育によってできた「自分を抑える思い」この二つがバランスよく機能することが大切です。小学校時代から、自分を守るため「自由な思い」をひかえて、皆一緒の中に埋没することは、健全な成長にはとてもマイナスです。このような環境下で長年育った子ども達は、高校で、そして次のステップで切り替えができるのでしょうか。

最近の大学生も「自己防衛」が強いようです。卒業後、正社員としてそこその企業に入社するためには、「優」の数を増やし、大学の推薦をもらわなければなりません。せっせと授業に通い、熱心にノートをとっているようです。親からも色んな資格をできるだけ取りなさいという圧力もあるようです。勉強することはとても良いことだと思いますし、この低成長時代、自分を守るためにこのような行動も必要だと思います。でも「生きる力」を育てるために学習しているのか、それとも企業に入社できるために勉強しているのか。この20歳前後の四年間にしかできない体験、冒険を実践して、人間の幅を広めることも大切です。

最近の大学は、保護者が喜ぶ素晴らしいサービス（?）を開発しました。子どもの授業の出欠、出席率、成績等が親のスマホで簡単に照合できる内容です。小学生対象、中学受験塾と同じですね。大学生になった我が子に対して「私が守ってあげないと、この子はダメになる」とでも思っているのでしょうか。子どもの「自立心」

を奪う、子離れできない親と、親離れできない「幼い大学生」が急増中です。大学は「教育機関」から「サービス産業」になったようです。

大学の次は実社会です。多くの有名企業が衰退して、不正、不祥事の謝罪会見も、もう見飽きました。原因の多くは大企業病のようです。社員は企業の発展より、自分の身を守るために、挑戦しない、自己主張しない、責任回避、そして権力者に媚びることを優先させるようです。大企業病はゆっくり、着実に組織力を弱めます。「いい人」「イエスマン」が増加して、プレーヤーが小粒になりました。まさに大勢順応主義です。もちろん、これとは逆で創造的でグローバル企業もたくさん存在しますが。

大宅壮一氏は昔、テレビを「一億総白痴化」と言いましたが、私はこの世の中、このままいくと「一億総自己防衛化」になるのではと心配しています。何から手を付けるか、私たちは大きなテーマを抱え込みました。

「目からウロコが落ちたか」採点をしてみよう!
A
B
C
D
E

12 税金を守る

国によって文化、国民性が異なります。日本人は遠い昔から「お上」にこれだけ納税しなさいと命じられて、いやいや（?）徴収されてきました。少し前、経営者の集いで一人が税金をごまかしていたことが発覚して、多額の税金を取られたと話されました。その時友人達は、「運が悪かった」「見つかったら仕方がない」という同情的な反応でした。同じ時期、米国で有名人が不正に納税したことがばれて、多くの市民から抗議が殺到して社会的にも制裁を受けたようです。この日米の違いはどこから来ているのか。米国はまず多くの移民が北米大陸に移住して生活を始めました。しかし司法、行政、立法、教育等が存在しないことに不都合、不便を感じた市民が自分たちの総意で費用を出し合い「ガバメント」を作りました。ですから一人の市民が正しく納税するという義務を履行しないと多くの人からひんしゅくを買うのは当然になります。自分達が作った「ガバメント」と日本の「お上」との違いです。でも日本も最近は「納税」「税の使い道」に対する意識は少し向上しましたが、まだまだです。

母の介護の時の体験を話します。介護保険では、利用者が一割負担、残りの九割は税金で賄なえるという制度があります。親戚の叔母さんから、一割負担だから「どんどん利用すればいい」という助言があり、業者も一割負担で済みますから「どんどん利用してください」と話が来ます。とても楽な商売をしていますね。利用する方も一割で済みますから楽です。でも千円の自己負担が九千円も税金を減少させていることですよね。このような意識はほとんどの日本人は持っていないでしょう。終末医療も私に言わせれば「メチャクチャ」です。母の時、医者の勧めもあり、寝たきり、何の反応もない母のために延命治療を受けました。毎月送られてくる医療費の明細では、月々三十万円以上の税金が使われていました。ただ寝かされているだけ、良くなる見込みが百％ない母のために多額の税金が投入されていることに、申し訳ない気持ちでいっぱいでした。今となっては母をもっと早く楽にさせてあげるべきだったと思いますし、本人もそのように願っていたと思います。このような終末医療は今も全国で行われています。延命治療は病院の延命に協力しているようですが・・・。

今、国の借金は過去最高一千四十九兆円、私たち一人当たり八百二十六万円の負債を背負っています。今後さらに高齢者が増加、年金、医療費、生活保護等の負担は多くなるでしょう。若い方は間違いなく、負担が大きく、給付は少なくなります。この日本、そして若者はどうなるのでしょうか、とても心配です。

「お上」が勝手にやっていることだから、私たちは関係ないでは、済まなくなってきました。税金は少なく、貰うものは多い方がいいという、楽な道を私たちは望みがちですが、次世代のことを考えなくてはいけません。私達が一番求められていることは「自立」です。できるだけ働いて納税する。そして国の世話にならない生き方です。もちろん必要な治療や給付を受けることは大切ですし、本当に困った時はセーフティーネットに助けてもらうことも必要です。でも「次世代」のため、「福祉の充実」のためにも「税金を守る」ことはとても大切です。税金は国民の財産、「税金を守る」という文化を根付かせるために、私達の意識と行動の変革が求められています。私は延命治療を断って、静かに消えていきます。皆様もご一緒に(笑)。

「目からウロコが落ちたか」採点をしてみよう!
A
B
C
D
E

13 性的少数者（ＬＧＢＴ）

私ども夫婦は子どもがいません。統計では、約十組に一組が子なし夫婦になるようです。私どもがそのカードを引いたお陰で、他の九組は子どもが授かりました。

最近、性的少数者（ＬＧＢＴ）という言葉をよく目にします。これはレスビアン、ゲイ等同性者を好きになる、又は両性を愛せる人々、及び、心と体の性が一致しない人々の総称です。私は最近まで「気持ちが悪い」と思って、とても否定的でしたが、原因の多くは遺伝子の影響で、本人に責任はないようです。電通の調査では、約二十人に一人が性的少数者のようで、一人がそのカードを引いて、残りの十九人は多数者になりました。五％の確率で誰でも可能性があるのですが、日本では約五百万人。彼らの人生はうまくいっているのか？　以前の私のように周りの人々から「変態」「異常」と思われていますので、なかなか正直にカミングアウトができない。話せば、いじめ、差別を受けるのでとても生きづらい日々を過ごされているようです。

学校でも、クラスに一、二人います。授業で「思春期になると、異性のことが気になり始めます」と習いますが、本人は同性に興味がわきますので、自分が正常ではないのか、不安を抱きます。スクール水着がとても恥ずかしい、同性と着替えるのも我慢が必要。ランドセルの色も男は黒系、女は赤系になんとなく決められています。大人になっても、自分らしく生きられない、本心を抑え込んで生きることになります。レスビアンの女性が「彼氏いるの」「好きな男のタイプは」「結婚は」と質問されても、正直に答えられません。人と深い人間関係を築けなくなり、どうしてい。も孤立してしまいます。私たち多数者の無理解によって、隅の方に追いやられています。一億総活躍の時代、五％の少数者が尊重される社会が本当に必要です。

世界では、今も同性愛者を死刑にする国もあるようですが、同性カップルの結婚を法的に認めていない国はＧ７では日本だけになりました。ボーダレス時代、多くのグローバル企業で、いろんな問題が発生しています。そのことが合法であるとされる国から、犯罪であるとされる国への人事異動はできなくなりました。結婚のお祝い金等、福利厚生制度の見直し、トイレ、更衣室の整備も必要になってきました。

日本国憲法二十四条は「結婚は両性の合意にのみ基づく」と規定されていますが、十四条では性差別を禁じています。国の研究班の２０１５年の意識調査では、同性婚の法制化に「賛成」「やや賛成」が計五十一％で、反対を上回りました。六十、七十代の賛成は少なく、二十、三十代の賛成が多く、将来に期待が持てますが、私のような年配者の理解が深まることが必要です。国のレベルではまだまだですが、自治体レベルでは東京都渋谷区、世田谷区等が同性カップルを「夫妻に相当する関係」と認める書類を発行しました。少しずつですが動き始めています。
教師になって他人の苦しみを理解する子どもを育てたいと、自分が性的少数者であることを伝えて、教育採用試験に合格された方がいます。教育委員会の面接官が「あなたのような先生を待っている子どもが現場には必ずいる」と背中を押してくれたようです。性的少数者は私たちの仲間です。

「目からウロコが落ちたか」採点をしてみよう！

A
B
C
D
E

14 体験に勝るものはなし

私が体験して学んだことの一つに、「お金を大切にする」があります。53歳の時、会社の倒産を経験して深く学習しました。最近、四十代で経営が上手くいっている若手社長に、お節介ですが「お金、大切にしときや」と伝えました。彼は「分かりました」と答えましたが、どれだけ理解できたのかなと、ふと思いました。私たちは本人から、又は多くの優秀な方々の書物、DVD等を通して知識を得ていますが、これらは他人の経験から間接的に学んでいることです。とても大切なことですが、もう一つ上級レベルの知識があります。それは自分が体験して直接学んだことです。

先日、高校生対象、「坂本龍馬から学ぶ」というタイトルのセミナーをのぞいてきました。講師は龍馬から学んだことを学生たちに伝えていましたが、話された内容に問題はなかったのですが、学生達の反応はいまひとつでした。途中から寝る子、スマホをいじる子が多くなり、集中力は続きませんでした。このように人の経験から学んだことを伝えると、言葉に心がこもらなく単調になりやすいです。聞き手はストーリー性のある、聞いていて絵が描ける話に集中します。少し厳しいですけれど、私は講師自身ができなかったことを学生に伝えても、伝わらないと思いました。大学教授、宗教家、評論家も他の人から学んだ知識を話されることが多いので、退屈になりやすいです。自分の体験から学んだことを中心に話される方が聞き手の心を打ちます。

私のつらかった体験を話します。53歳で会社の倒産、うつ病、二年間の引きこもりをやってしまいました。原因は戦略のミス、未来の読み違いです。池の中に魚はたくさんいましたが、急激に減少、同業者の九十九%も倒産しました。銀行の借入残高八千万円(個人保証付き)、社員の人生は、お客様は守れるか。家は取られる。「人生は終わった」と思い、不眠、食欲不振が続き、うつ病、引きこもりに陥りました。私は経営者として倒産の勉強もしていましたし、メンタルヘルス（心の健康）も協会の役員をしていましたので、それなりに知識も持っていましたが、もろくも崩れ落ちました。でも私はこの体験から多くのことを学習しました。経営者として「戦略、戦術」の大切さ、未来を見る目、しなやかな心の作り方、少しは人にやさしくもなれました。勿論、財産も社会的地位もなくしましたが、一年後にはとても良い経験ができたと思えるようになりました。まさに「人生に無駄はない」です。これは私の上級レベルの知識です。今でも失敗はしますが、その度に「人生に無駄はない」。ここから多くのことを学んでやろうと思います。

体験には「成功体験」と「失敗体験」があります。成功すれば達成感があり、自信もつきますが、失敗からも、学ぶことがあります。夏の高校野球地方予選の決勝戦で、勝てば甲子園、負ければ準優勝、大きな差があります。もちろん勝つに越したことがありませんが、たとえ負けて悔し涙を流す挫折経験は、これからの長い人生で必ず役に立つでしょう。東北大震災を体験した中学生が、震災前に先生が、「穏やかな日々に感謝しましょう」と話されていたけれど、ぴんと来なかった。でも震災を経て四年、今少し落ち着きを取り戻した時、先生の話していた「穏やかな日々に感謝しましょう」が深く理解できたとのこと。オリンピックでメダルを取られた選手の談話でも、ケガなどで苦労した人と、順調に来た人の違いを感じます。

自分の体験から学んだことは財産になります。「楽な道」「困難な道」どちらか選択できるなら、「困難な道」をお勧めします。人生でつまずいた方に、もちろん同情もしますが、「チャンスだ」と思い、多くのことを学んでほしいと強く思います。人に教えてもらったことはすぐ忘れることがありますが、体験から学んだことは普遍的な教訓になります。

「目からウロコが落ちたか」採点をしてみよう！
A
B
C
D
E

15 未来はファンタスティック！

1、「十年以内に、お百姓さんは田んぼに足をはこばなくても、米作ができるようになります」（株）ＫＵＢＯＴＡが種まき、水やり、稲刈り、農薬散布等、すべてを農業機械が行うと発表しました。日本の農業の未来は革命的？　ですよね。

2、２０２５年までに完璧な自動翻訳、通訳が可能になるようです。英語だけでなく、韓国語、中国語、フランス語もＯＫ。日本のグローバル化、英語教育はどうなるのでしょうか。

3、四～五年以内に高速道路、及び一般道路でも、運転手がいらない自動運転の世界が現実化されます。交通事故、渋滞は減少するのでしょうか。

4、上空を飛ぶドローンは物を配る以外に、火災や交通事故という異変を自動的に知らせるシステムも近々完成されます。

5、AI（人工知能）が世界トップ級の囲碁棋士を倒しましたが、医療分野でも難しい治療に貢献できる領域を広げるようです。等々。

AI、ドローン、ロボット、VR（仮想現実）。これら、進化のスピードを上げる最先端テクノロジーは、私達をどのような社会に連れていってくれるのでしょう。変化はまだスタートしたばかりですが、まさに「次は何が出てくるのか」です。

1970年代前半、一人の青年が、当時マクドナルド社長の藤田田氏と面談されて、一つの質問をしました。「これからの成長分野は何ですか」その答えは「インフォメーション」だったようです。この青年はソフトバンクの孫正義社長。藤田社長の「先見の明」と孫社長の「実行力」、素晴らしいですね。私達が今同じ質問をされたら、何と答えればいいのでしょうか。

今日まで人手を必要とされる仕事は、ほとんど機械化されました。今後は知的な仕事も約五十%が十年以内にＡＩとロボット等に代替可能になるようです。銀行の窓口業務、タクシーの運転手等は消えそうですが、ＡＩは人と人との微妙なコミュニケーションはできませんので、企画力、交渉力、コミュニケーション能力に秀でたリーダーシップは必要とされます。職業では介護士、美容師、カウンセラー、保育士、漫画家、外科医、ソムリエ、雑誌編集者、コピーライター等は今後も不必要にならないでしょう。人間とＡＩは競争ではなく、協働が大切で、居心地の良い社会を作ってもらいたいです。

セブンイレブンの鈴木敏文氏は「未来の変化を予測して、仮説を立てて、今をどうするかを考えることは大切です」と語られています。若い方にとって変化の激しい時代、未来予測は難しいかもしれませんが、十年先、二十年先どのような社会になるのか。興味を持って、注意深く観察することが求められます。
日経の若手記者が「十年以内はそれなりに想像できるが、十年以降は何が起きるか、たぶん予想できないことが起こるでしょう」と熱く語ってくれました。社会の風景が大きく変化していくことは、それなりの覚悟や心の準備が求められます。後でもSFの世界が現実味を帯びる時代をどのように生きるか、興味が湧きます。二十～三十年は長生きして、ファンタスティックな世界を楽しみたいです。

「目からウロコが落ちたか」採点をしてみよう！

A
B
C
D
E

16 最後は言わない

寝る前に、廊下の電気を消し忘れたとします。翌朝、妻（ダンナ）から「廊下の電気ついていたよ、もったいないから寝る前は必ず消してね」と指摘されるのと、「廊下の電気ついていたよ」と伝えられるのでは大きな違いがあります。前者は、何も間違ったことは言っていませんが、上から目線で次の行動まで指示されると不快な気持ちが残ります。後者はただ事実を話されただけです。どうするのか、決定はこちらにゆだねています。決定をゆだねるということは、信用されている証拠です。「これから、気を付けるわ」と前向きな言葉が出てくるでしょう。

テスト前の中学三年生がゲームに夢中。本人は「ぼちぼちやめて、勉強しようか」と思っている時に、親から「いつまでゲームしてるの、さっさと勉強しなさい」と叱られて、しぶしぶ勉強部屋に行っても、命令された怒りが残っているので、やる気は出ません。結果は逆効果です。どうしても言いたければ「テスト前やで」ぐらいでしょうね。そしたら本人は「分かってる、もうすぐやめて勉強する」と返事して数分後に気持ちよく勉強を始めたかもしれません。他人に言われたことは無責任になりがちですが、自分が決めたことは責任を持ちます。

私が司会を担当した会で、終わりがけに長いスピーチが続きました。早く終わらせねばと思っていたら、お節介なA女が私のところに来て、「早く終わらせるようにしたら」と言いました。「そんなこと、あなたに言われんでも分かってるわ」と口には出しませんでしたが、不快でした。どうしても言いたいのなら「長い話が続くね」

ぐらいでしょうね。別の会でも講演会が終わり懇親会で、私は次回の案内状が二枚あることに気付き、帰りしなに一枚返そうと思っていたら、馬鹿なB女が「二枚もあるよ、一枚返さなあかんで」と。足でも蹴ったろかと思ったのですが、一応紳士ですので控えました。これって何ですかね、私が指示しないとダメなんだという「おごり」ですか。それとも「支配欲」ですかね。

部下、子供が努力してよい結果を出した時、私たちは褒めますよね。ちなみに褒め方には三つのレベルがあります、A、結果をほめる。B、途中の努力も伝える。C、一緒になって喜ぶ。例えば、部下が今月の目標を達成したとします。「素晴らしい結果を出したね、遅くまで残って頑張ってたよね。頼もしく思うよ」。子供がピアノの発表会で上手に演奏できた時は、「とても良かったよ。日曜日もずっと練習してたよね。お母さん嬉しいわ」。部下も子供も褒められたので、次も頑張ろうと思っていると思います。ここで褒められたので、次回はさぼってやろうと考えることはほとんどありません。でもここでも「次回も、油断せずに頑張るのよ」と言いたくなります。

それは相手を信用しきれていない自分があるからです。せっかくやる気が高まっているのに、念を押されるとやる気は萎えます。

私がたまに使う得意技があります。相手に指示、命令するより、自分の今の気持ちだけを伝える方法です。例えば、約束を守らなかった人には「残念やわ」。返事をくれなかった人には「悲しかったわ」等々。そうすると相手は反省して、前向きになってくれる時が多くあります。自分で考えて、行動する自立型人間を育てる一つの方法です。

馬を水飲み場に連れて行くことは可能ですが、無理やり水を飲ませることは難しいです。自ら持ったペンはよく動きますが、持たされたペンは動きが悪いです。まずは相手を信用して、少し待ってあげましょう。最後の決定は相手にゆだねて下さい。

「目からウロコが落ちたか」採点をしてみよう！
A
B
C
D
E

17 依存症は恐ろしい

毎年七千人以上の方が、依存症が原因で自殺されています。ガンより恐ろしい病気で、本人だけでなく周りの人々の人生も狂わせ、社会への影響も甚大です。「だらしない人、意志の弱い人」がかかる病気ではなく、大企業の社長、有名女優、一流アスリート、真面目なサラリーマン、そして普通の主婦も依存症にむしばまれています。一説ではギャンブル依存症は五百万人以上、アルコール依存症は二百万人超、インターネットも二百万人以上。その他、覚せい剤、性行為等、すべてを合わせると、少なく見積もっても一千万人超になります。

よくある疑問ですが、「健全にギャンブル、アルコール等を楽しんでいる人と、依存症と認定されている人はどこに違いがあるのか」線引きはとても難しいですが、あえて依存症を定義すると・・・。

・持続的に繰り返される。

・その結果、家庭関係、仕事関係が悪化して、本人の人生が崩壊する。

・にもかかわらず、やめられない、継続する。

まだそこまでいっていない人、安心しないでください。もし朝起きた時からアルコール渇望、又はパチンコ屋に行きたくなる等は危険な兆候です。その気になれば自分はいつでも辞められると思い、油断しているとあなたに悲劇が起こります。一度手を染めると、抜け出すのが難しい病です。「今」が大切な辞め時です。

では何故、大の大人が辞めようと思ってもなかなかコントロールができないのか、今までは病気というより「心理的問題」と捉えられていました。ですから「心を入れ替えれば」「反省すれば」治ると思われていましたが、ほとんど効果はありませんでした。最近の研究では、脳内報酬系と呼ばれる神経系に異変が生じていることが原因と考えられるようになり、依存症の研究は前進しました。私たちは行動することにより喜び（報酬）を得ることがありますし、喜びを得るために行動もします。

簡単にメカニズムを説明すると・・・。

1、薬物、アルコール、ギャンブル、セックスなどで過剰な「喜び」を体験してしまったので、それが忘れられない、やり続けてしまう。

2、回数が増加すると、喜びに慣れてしまって感じなくなってしまう。

3、焦り、焦燥感が出て来てコントロールが出来なくなり、さらに行為を繰り返す。

4、続けていくと、又喜びが減少、恐怖と不安が増加して、行為を強化する。

ここまでくると「やめられない、とまらない」になってしまいます。慢性の再発生疾患と捉えられています。たとえもし辞めることが出来たとしても、一回の再発で元の黙阿弥になりやすいです。

どのような方が依存症になりやすいのか、傾向があります。

1、お酒、ギャンブル、薬物等が身近にある人。日常生活で孤独感、イライラ感がある人。

2、本人が気付いていない、気付こうとしない不安、不満がある人。

3、他の人に素直に依存できない人。

4、過保護、過干渉な親に育てられて、失敗体験、成功体験が少ない人。等々。

依存症はほっておくとどんどん進行していきますので、早期治療が必要です。まずは、病気だという認識が求められます。根性、気力だけではなかなか治せませんので、周りの方々のサポートと理解が必要です。例えば、

1、体験者、専門家が集う、自助グループに参加する。

2、カウンセリングを受けて、自分の心を癒して、自信を回復させる。

3、認知行動療法で考え方の歪を修正していく。等々。

依存症がガンより恐いのは、自分の人生が崩壊するだけでなく、家庭が壊れ、借金が増加して、子どもが苦しみ、性暴力によっては被害者も出ます。続けることはなだらかな自殺行為です。有効な薬もなければ、治療に時間がかかります。だからこそ今、予防が必要です。お酒を飲み続けている方、ギャンブルに心を奪われている方、ネット依存の方々、あなたは依存症予備軍です。「私はいつでも辞められる」は何の根拠もない言葉ですよ。

「目からウロコが落ちたか」採点をしてみよう！

A
B
C
D
E

18 多様な価値観を学ぶ

私たちの行動の源には、その行動を引き出す価値観（考え方）があります。逆の言い方をすれば、各人の価値観によって行動が決まります。例えば「約束した時間は、遅れてもOK、謝ったら済む」と考えている人は遅刻常習犯になり、信用を失くしますが、「人間は信用が大切、約束したことは守らなければ」と考えている人は遅れることはめったにありません。このように各人の価値観は人生に多くの影響を与えます。

28歳の男性が、仕事がつらい、憂鬱である。よって退職を真剣に考えている、という相談がありました。本人は「仕事は楽しくなければいけない」という思いがあるようです。私はカウンセラーですので、傾聴し、共感もしましたが、別の考え方を紹介しました。「仕事はもともと憂鬱なものである。だから報酬もいただけて、年間百日前後の休みが取れる。時には楽しいと思えることもある」。このような考え方にすぐには理解されませんでしたが、二回目の面談時には、私が示した考え方が腑に落ちたようで、とりあえずは今の会社で頑張っていこうという結論になりました。一つの価値観だけの判断ではなく、複数の価値観を学んでいると、行動の選択肢が広がります。

あるお母さんとの雑談中にこんな話が出てきました。「高三の娘は十月の私立大学の推薦入試を受けます。合格すれば受験勉強は終了。残りの半年間は楽しく過ごせる。私もイライラせずに過ごせるが、不合格なら二月まで受験勉強は続く」どう思いますかと尋ねられたので、「今の高校生にとって受験勉強はたぶん唯一の試練、彼らは合格できるかという不安を抱えながら、遊びを我慢して学習することを求められる。特に残り二ヵ月の寒い中での勉強は貴重な体験になる」と伝えました。推薦入試の結果は、残念ながら、いや幸いなことに、不合格になりました。お母さん曰く「辻本さんの話を聞いていたから落胆も怒りもほとんどなく、これで良かったと思えました。本人に残りしっかり集中するように伝えました」と。

私は今、人生には四苦（生、考、病、死）があるという価値観を学習しています。数年前から親しい人の不幸が続いていますし、今後もっと近い人々の不幸も経験せざるを得ないでしょう。私も生きている限り老いる、病、そして死があります。これらをうろたえることなく、上手に受け止められる人間を目指していますが・・・。

「夢はあきらめないで、最後まで頑張る」という考えもありますが「ダメなら早く切り替えて、次に向かう」もあります。「働くことは最上の喜び」もあれば「早くリタイヤしてのんびり過ごす」もＯＫです。「困難な出来事は避けたい」に対して「苦難は福門である」もあります。「お金があれば幸せになる」、「お金がなくても幸せな人はたくさんいる」も両論あります。「女は、男はこうあるべきだ」という伝統的な考えもありますが、多様な考え方が出てきました。「性的少数者」に対する考え方もとても柔軟になってきました。喜ばしいことです。このように、世の中には多数な価値観が存在しています。一つに決めつけるのではなく、多くの価値観を学ぶことは、人生を豊かにします。

ではどうすれば複数の価値観を学べるのか。会社（組織）は多数の人々の集まりですが、価値観を統一した方が動きやすいです。社員研修の目的の一つは考え方の統一になります。（株）電通は「成果を出すために、命を張れ」のようです。公務員の世界は文章化されていませんが「失敗するな、個性はいらない」のようです。「自分の出世のためには、仕事の成果より、上司に媚を売れ」という大企業もあるようですが、未来はとても暗いでしょう。このような組織に長年いますと「積極的に企画して、行動する」という意欲は萎えてしまい、それが当たり前になってしまいます。

とても恐ろしいことです。職場と家の往復を毎日繰り返して、同じものを見て、同じような人に出逢っていると考え方が固まってしまい、柔軟な思考が出来なくなります。他の考え方も受け入れられなくなり、人間としての魅力も低下します。少なくても月に一回は職場と家の間に、何かを入れて下さい。勉強会に参加する、頑張っている友人に会いに行き刺激を受ける、等々。書物、テレビ番組での成功者、失敗された方々の体験からも多くを学べます。「複数の価値観を持たない人間は不幸になる」という言葉もあるぐらい多数な価値観を学ぶことは大切です。社会をどんどん広げて下さい。

「目からウロコが落ちたか」採点をしてみよう！

A
B
C
D
E

19 女性の進出

女性の社会進出は「まだまだ」という意見もありますが、目を見張るものがあると思います。私の両親は、女性は結婚して家庭を持ち、子供を育て、旦那と仲良く暮らすのが女の幸せだという考えでした。三人の姉妹はそれぞれの能力、個性に関係なく、同じ短大に通い料理と裁縫を学びました。卒業後は家業の洋品店を手伝いながら花嫁修業をして、見合い結婚で、24歳までに三人とも家を出ていきました。

親から「あなたは世の中のことがまだ分からないので、親の言う通りにすれば必ず幸せになれる」と諭され、素直に言うことを聞いていました。まさにそういう時代だったのです。三人とも今は孫にも恵まれて幸せに、そして結構個性的に生きています。小、中、高時代は良妻賢母教育が中心で「女は内に」「男は外に」でした。女性が少し前に出ると「女らしくしなさい」と。大学時代のクラブ活動では、役員はほとんど男性です。「女のくせに酒を飲むな」と言われていましたので、コンパでは女性はほとんどお茶を飲んでいました。私は30歳ぐらいまで、女性はお酒を飲めないんだと勘違いしていました。一流大学の教授が「女子大生亡国論」を発表しました。これは女子が大学で高度な教育を受けても、実社会で役に立てずに家庭に入ってしまう。女子が大学に入学することによって、男子が大学教育を受ける機会を奪っているという考えです。これらは遠い昔の話ではなく、私が若い時から見聞きしてきたことです。

でも潮目(潮の流れ)が変わることを感じたことは何度かありました。若い女性が、居酒屋で大っぴらに酒を飲み。母校のクラブの部長に女性が就任した時。子育て中の女性が「○○ちゃんのお母さん」「○○さんの奥様」と呼ばれることは、自分がなくなってしまったようで、とても耐えられないという声を聞いた時、等々。「女性だから」とレッテルを張り、行動を制限するより、本人が希望すればもっと自由に活躍できる社会を創ることは大切だと思います。

教育現場では、性別分業のカリキュラムが改正されました。「男は大学に、女は短大に」という格差もなくなり、女子の大学進学率は短大進学率の四倍になったようです。１９８６年に「男女雇用機会均等法」が、１９９９年にはさらに改正法が施行され、男性には管理職の道は開かれているが、女性はどんなに優秀でも管理職にはなれないという社会はほとんど終わりました。その結果全国平均では係長は約十三％、課長は約七％、部長は約六％になり、上場企業の女性役員もまだまだですが約四％に、四年前の二倍になりました。女性国会議員数も約十三％に、２０００年との比較では約二倍になっています。私の周りにもこの十年で起業する女性が増加しています。

しかしこの流れをもっと加速させることが必要だという考えもあります。政治の世界では、女性大臣を増加させるべきである。さらに一定の議席を女性に割り当てるというクオーター制の導入です。三十％を女性に割り当てる、いやいや半分は女性にすべきであるという意見です。小泉内閣の時、女性大臣の数を増やすために、無理やり大臣に任命された方が、国会答弁でうろたえる姿を見た時、とても気の毒に思ったことがあります。国際社会で活躍されている女性が、国連勤務時代、国連がまず見本を見せねばと思い、多くの女性を幹部に登用したそうです。その結果、組織が混乱して正常に動かなくなり、すぐに元に戻したようです。でも将来のため焦らずに、退職される女性を減らす、長年勤務できる人を増やすことにより、女性の幹部を増加させる方法に変更されました。とても示唆に富んだ話ですね。

「ローマは一日にして成らず」、メルケル独首相も野田聖子大臣も女性だからではなく長年の努力の結果です。女性の社会的進出は「ゆっくり、しかし、着実に」が大切です。性別に関係なく、その人の個性と能力が充分に活かされる社会がベストだと思います。でも専業主婦の生き方に疑問を投げかけるのは不愉快ですし、「主人」「家内」「主婦」「旦那」等は差別用語（?）だからと使用禁止も行き過ぎてます。手芸が大好きな男性も、料理が苦手な女性もOKです。「ガラスの天井」はもうすぐ壊れるでしょう。

「目からウロコが落ちたか」採点をしてみよう！
A
B
C
D
E

20 右より、左より

「アンポ、反対」１９７０年頃まで、日米安全保障条約をめぐり国論が大きく分かれていました。その数年前、当時のソ連がチェコスロバキアを軍靴で侵略、多くの人々の命と自由を奪いました。私はこの悲惨な出来事から国防は必要、当時頻繁に行われていた反対デモには参加しませんでした。読売新聞、産経新聞は賛成、朝日新聞、毎日新聞は反対の立場です。反対するのが知識人の証のような社会のムードがあり、中学校の先生が授業中に、あのアナウンサーの浜村淳氏でさえラジオで、反対を表明していました。反対する大きな理由は「安保があれば戦争に巻き込まれる」です。朝日は社説で安保破棄後は、基地を失くして自衛隊も縮小、さらにアメリカとの関係も見直して中立国になる。即ち「非武装」「非同盟」が日本を守る最善の方法だと論を張りました。当時もし国民投票が行われていたら、朝日の主張通りになっていたと思います。でも残念なことですが、周りには平和を愛する諸国民だけではありません。ならず者国家に武力で侵入されても、私達はなすすべもありませんし、他の国のサポートを期待できません。想像しかできませんが、北海道はソ連に、沖縄、九州は中国に武力侵略され、壊滅的な打撃を受けていた可能性があります。朝日もバカではありません。十数年後に、恥ずかしいことを主張したということに気付き、「空想的理想論」をあきらめて、「現実」に戻りました。「安保、賛成」に変更、そして「非武装」「非同盟」も誤りを認めました。当時同じように声高に主張していたマスコミ人、知識人の方々は今はどのように思われているのか、黙り込まないで表現してもらいたいです。しかしいくら反省されても日本をミスリードしようとした事実は消せません。

高校の社会の先生が「新聞は二紙を読みなさい」とよく話されていました。社論がそれぞれ異なるので一紙だけだとその主張に染まってしまう。だから複数の意見を読んでから自分で判断をしなさいと。私は新聞大好き人間、朝日、産経、日経を愛読しています。朝日は数年前、自民党が与党時代に「政権交代」の大キャンペーンを張り、「民主党政権」実現の功労者になりました。今は安保反対のＤＮＡが残っていますので「安倍内閣」は大嫌い。「安保関連法案」「九条改正」「靖国神社参拝」等は大反対、日本を再び戦争ができる国にしようとしていると、危機感を伝えています。又はあおっています。産経はその真逆、どちらも左、右から角度をつけて記事にしていますが、日経はどちらかといえば中庸です。

日本は民主主義の国ですから、左右の意見が存在するのは大切なことです。しかし表現の自由は認められていますが、自分の言論に対して責任があります。私が今

日まで見聞きした各論を検証すると、

「社会主義の国は、平和を愛する国だ」

「北朝鮮は、地上の楽園だ」

この二つは嘘八百でした。信用して北朝鮮に渡った人に対する責任は大きいです。

「日米安保は、戦争に巻き込まれるので反対だ」

「自衛隊は、縮小すべきだ」

この二つは絶滅危惧種に認定されました。

「領土的野心を隠さない中国と核開発に余念がない北朝鮮とは、話し合えば解決できる」これも残念ですが近々絶滅危惧種に認定されるでしょう。

今日、国論が分かれている問題がたくさんあります。「国の安保政策」「原発」「憲法改正」「歴史認識」「財政再建」等々。これらの諸問題は日本と世界の平和のためにいかにあるべきか、二十年、三十年後の批判に耐えうる質の高い主張が求められます。政治家、マスコミ人、知識人の役割はとても大きいのですが、私達も「他人事」

ではなく「自分の事」として関心を持ち続けることが大切です。中国と北朝鮮が平和を愛する国に自国を成長させることを夢見ながら、日本と世界の動向を刮目していきましょう。未来がどのようになるのか、どの主張が批判に耐えうるのか、この目でしっかり観察したいです。長生きする楽しみが一つ増えました。

「目からウロコが落ちたか」採点をしてみよう！
A
B
C
D
E

21 素敵な出会いと、人脈づくり

少し前、友人の誘いで二十人程が集う食事会に参加しました。その中にプロレスラーと女子プロボクサーがいました。二人の職業に興味が湧いたので、三人で話しをしていたら偶然にも同じ堺市在住とのこと。地元で食事でもしようと、その場で日時と場所を決めました。それ以降年に数回ですが、他の方々も巻き込んで昼食会をしています。プロレスラーの彼は、知らなかったのですが有力団体のスター選手、女子プロボクサーは世界チャンピオンになりました。試合の応援に行ったり、減量の苦しさ、往年の名プロレスラー「ブッチャー」の裏話が聞けたりと、一回の出会いが大きな広がりとなり嬉しく思います。最近、高校一年生の息子が、突然学校をやめてプロレスラーになると言い出して驚いた親から相談がありました。彼を紹介するととても喜んでもらいました。人生、多くの出会いは、ほとんどが「一瞬」で終わりますが、「付き合い一生」という選択もできます。

私も今日まで多くの出会いをいただきました。生き方の基本を教えていただいた方、苦しい時に助けてもらった人々、心の優しさを学ばせていただいた方々、そして一緒になって遊んでくれる友達。目の調子が悪いので、信頼できる目医者を紹介してくれた竹馬の友。こども食堂開設のために市役所のスタッフを紹介してくれた若手議員。ソフトボールのスパイクがどこに売っているのか教えてくれた仲間。皆さん、ありがとうございます。

日本は「人脈社会」です。例えばある有力な方に、見ず知らずの者が面会をお願いしてもハードルは高いですが、その方の友人から依頼してもらったら、ハードルは低くなります。多種多様な方々を友達に持っていると、自分のためにも、知人のためにもなります。私は悩んだり、迷っている時に対応できるカウンセリング、コーチングもやっていますが、友人から困っている人から相談を受けたけど、辻本さんお願いできますかという依頼がよくあります。お役に立てて嬉しいことです。友人が百人いて、その百人が一人三十人の人脈を持っているとすると、約三千人のサポーターがいることになります。私は年賀状大好き人間です。いつも一言書き添えるようにしています。出す人の中には一年間お目にかからなかった人、数年間会っていない人もいますが年賀状を出すことよって、この一年も友達でいましょうというメッセージです。

人脈の上手な作り方があります。

1、時間とお金が許す範囲でＯＫです。人見知りの人も、昔友達に騙されてうんざりだと思っている人も、小さな冒険からスタートして下さい。その集まりに「行きたいなー」と思ったら参加、「嫌だ」と思うなら欠席でもいいですが、問題は迷った時です。このときは前進しましょう。８割以上の確率で成功します。参加すると自分に合っているのかの判断もできますし、気に入ったら複数回参加して下さい。オープンマインドも必要です。役が回ってきたら「はい、喜んで」と引き受けましょう。社会が広がり、多様な価値観も学べます。

2、出逢う人の中で自分の感性で友人になりたい人を選んで下さい。私は「思いやりのある人」「前向きな人」が好みです。

3、ここからがとても大切です。その人と友達になって「何かを得よう、利用しよう」と思っていると上手くいきません。その方のお役に立とう、サポーターになれたら嬉しいと思って接して下さい。もし何かを頼まれて、実行してあげると距離は近づきます。取る「ＴＡＫＥ」ではなく、まずは与える「ＧＩＶＥ」です。

小才は縁に出逢って、縁に気付かず。
中才は縁に気付いて、縁を生かさず。
大才は袖すりあう縁をも生かす。

前頁の言葉は柳生家の家訓で、小才はチャンスに気付かず、中才は気付いても行動しない。才能のある人は小さなチャンスも見逃さないという意味です。もし自分がチャンスを上手に生かせていなかったら、その原因は何か。おそらく自分の人生はもうこれでいい、よりよい人生を生きることをあきらめているかもしれません。とても「もったいない」ことです。冒険をせずに安全地帯の中にいると、とても居心地が良い、傷がつかないかもしれませんが、将来のことを考えたら、安全地帯にいつまでもいることの方が危険です。好奇心を劣化させない、自己投資を強めて下さい。素晴らしい出会いが待っていますよ。

「目からウロコが落ちたか」採点をしてみよう！
A
B
C
D
E

22 ほめ ほめ 大作戦！

「自信」について考えたことがありますか。何かを実行しようと思った時、この「自信」が影響します。少なければ「どうせやっても失敗する」と思い、「やめておこう」になります。そこそこあれば「面白そうだ、やってみよう」となり、一歩前進します。自分の将来にあまり期待感が感じられない時、その原因は「自信欠乏」かもしれません。このように「自信」が人生を決めると言われる程、大切なものですが、その割に大切にされていないように思います。自信を低下させることを日常的にやっている人もいますし、人の自信を奪うことを気付かずにやっている時もあります。

自信は生まれつきのものではありません。もちろん遺伝子の影響もありますが、自分の力で高めることは可能です。でも残念ながら、オセロゲームのように一瞬で黒が白に変わるようなことはありません。小さな努力の積み重ねが求められますが、まずはあなたの本気度がＫＥＹになります。私が40歳前に気付きを深めるセミナーを受講して、自信の少なさ、自分の「マイナス思考」に驚き、すごく落胆したことがあります。とてもしんどい生き方をしていたと思いますが、このままではいけないと本気で自信を高める努力をしました。自信は一生ものです。明るい未来のために真剣に取り組まれることをお勧めします。ではどうするのか。

1、約束を守ると自信が向上します。

私たちは毎日決め事をつくっています。何時に起き、それから何をする。いつまでに仕事場に行く、着いてから何をする、会議は何時から、必要な準備は何か。何時に人と会う約束をすることもあります。これらは自分が決めた約束事です。これら以外にも前向きな約束事もあります。例えば、

・週に二回だけ30分早く起きて、将来に備えて勉強しよう。

・ダイエットのためにエスカレーターに乗らずに、階段を利用しよう。

・毎日笑顔を意識して生きる。

・一ヵ月で〇〇〇円を貯める。　等々。

私達は自分で決めた約束事が実行出来たら、どうなるのか。明るい気分になり、周りの人々の信用も増加、そして自信も付いて、これからも前向きに挑戦していこうと思います。でも出来なかったら、気分が暗い、信用を無くして、自信も減少。どうせ決めても出来ないと思い、何も決めなくなるかもしれません。自信を高める最高の方法は「決めたことを実行する」↓「結果を出す」↓「自信が向上」。このサークルを循環させると、やる気が高まっていきます。ここで注意してほしいこと

が二点あります。当初の目標は自分に○をもらうことですから、ハードルは高めないように。一万円貯金するなら、まずは千円からスタート、そして達成して○をもらってから増加していって下さい。ダイエットの目標も無理のないところからスタートしましょう。もう一つは、もし出来なかったら、私は悪くない他の人が悪いと原因を他に振らないで、自分の努力が足りないんだと思い、もう少し努力して下さい。

2、「ほめ　ほめノート」を作って、自分をほめる。

まずは自分好みのノート作りからスタート、百均で買ったノートでもＯＫです。そして一日の終わりに、自分をほめましょう。毎日が無理なら、週末に、週末が無理なら月末に。どんな小さなことでもＯＫです。「今日も元気で会社に行った」「笑顔で挨拶ができた」「売り上げが向上した」「千円も貯金ができた」「プレゼンが上手にできた」等々。それぐらいできて当たり前と思わないで、自分に○を上げて下さい。もう一つは他の人からほめてもらったことも具体的に記入しましょう。「笑顔で頑張ってるね」「人に気配りが出来てるね」「おしゃれやね」「料理美味しいね」「仕事の結果出てるね」　等々。どんな小さなことでもOKです。どんどん発見して記入して下さい。このように毎日のように「ほめ　ほめノート」に記入していくと、プラスの感情が湧いてきて、自分の心の中に「自分って素敵」が入ってきます。もう一つのメリットは、人生は「山あり谷あり」です。少し落ち込んだ時、このノートを見返すとエネルギーがもらえます。

自分の自信に目を向けましょう。自信は人生の宝物です。約束事は一つずつ実行して「ほめ　ほめノート」にどんどん記入して下さい。これらの努力が大きな成果を生みます。

「目からウロコが落ちたか」採点をしてみよう！
A
B
C
D
E

23 「できたらいいなー人生」

大学を目指す高校生に話をする機会があります。私の経験では、受験生は志望校に対して「二種類の思い」があるように思います。一つは「合格するんだ」、もう一つは「合格できたらいいなー」。この二つの違いはとても大きいです。例えばアイドルのコンサートに「行くんだ」と決めると、日程、費用等を調べてチケットを購入するという行動を起こします。「行けたらいいなー」ぐらいでは、しばらくは行動を起こさない。運よく友人からチケットが余っているから一緒に行きませんかと、誘われたら参加できるかもしれません。このように「思い」

が「ＫＥＹ」になります。受験生が「合格するんだ」という気持ちがあれば、合格のためにどのような努力が必要かを考えて行動しますし、途中で障害が起きてもそれを乗り越えていけます。その結果、合格の可能性は向上し、自信も付くでしょう。「合格できたらいいなー」ぐらいのテンションでは、今以上の努力は考えていない、またはしたくない。合格は運任せ、途中でうまくいかなかったら「もういいや」になってしまいます。受験生の皆様には「合格するんだ」という思いの大切さを伝えています。人生も同じではないでしょうか。

社会人対象のセミナーでも未来を扱う時があります。これからの人生「どのようになりたいですか、何をしたいですか」とお聞きすると多くの答えが出てきます。

・年収を倍増したい。
・資格を取って成長したい。
・緑がいっぱいの家に住みたい。
・週末は温泉旅行を楽しみたい。　等々。

これらも本気度が問われます。例えば「ハワイに行きたい」と思っても、この一、二週間でそのための行動を起こさなければ、単なる思い付きです。本当に行きたいなら実現に向けて動き始めます。私たちは「その内にする」が好きです。英語では「その内に」は「Someday」ですが、カレンダーには「Sunday」「Monday」――があっても「Someday」はありません。

私は個人コーチングもしています。人生をもっと良くしたい方々のお手伝いです。

A氏（33歳）自分が作った会社はそこそこ上手くいっているが、勤めていた会社の元社長が色々介入してくる。お金まで要求されて毎日がイライラ。追い払いたいけれど相手はとても強い、毎日がつらい・・・。

B氏（42歳）お酒が大好き、毎日深夜まで楽しく飲んでいる。でもこのままでは身体もお金も続かない。でもやめられない・・・。

C氏（49歳）会社の売り上げが最盛期の半分以下に、社長として自分の給料もほとんどとれていない。社員も家族も不安そう。どうにかしないといけないと思っているが・・・。

この三人は明らかに何かしらの行動が必要ですが、来るはずもない神風を待っているのか、立ち止まっています。気持ちはとても理解できますが、現状を改革するには、気力、自信、危機感等が必要です。この時に「このまま何もしなかったら、五年後にはどうなっていますか」と質問すると、効果的な時があります。

A氏（33歳）「こんなつらい毎日が五年も続くのは耐えられない、勇気を持って戦います。」

Bさん（42歳）「五年後には大病しているかもしれません。週に一日から断酒します。」

C氏（49歳）残念ながら動きません。今エネルギーが枯渇しているのでしょう。待ってあげています。

このように私たちは、自分の人生に希望があります。しかし向かっていくには「安全地帯」から抜け出して、冒険をしなくてはいけません。「志望校に合格する」「年収を倍増させる」等々を決めると、今以上の努力が必要です。少し困難だと感じると、「今のままでもいいか」と思い行動しません。「やってみたい」という気持ちはあっても、何も決めない、何もしない「あいまいな状態」に自分を放置しておきます。そして「できたらいいなー」をたくさん抱えながら人生は終わっていきます。私はこれを「できたらいいなー人生」と呼んでいます。

最近、私がカウンセリングをしているクライアントから「私の人生、不本意でした」という言葉を聞きました。「不本意」の反対は「本意」です。人生はそんなに簡単だとは思っていませんが「できたらいいなー」の内の、一つでも二つでも、「やってみよう」と小さな一歩を踏み出されることをお勧めします。

「目からウロコが落ちたか」採点をしてみよう！
A
B
C
D
E

24 「自己一致」と「自己不一致」

私は三十代後半、自分のことが嫌いで心が晴れませんでした。私の「心の弱さ」でもあるのですが、暗いトンネルの中にいるようで、出口を探していました。人に教えを受けたり、セミナーにも参加して、その原因の一つを見つけました。それは「自己不一致」です。Aという思いで、Aの行動をすると「思い」と「行動」が同じですから「自己一致」になります。思いがAだけど行動がBの時は「自己不一致」です。

思いとは、自然に「感じること」心の中の本音です。「感じている」の反対は「考える」ですが、本音の部分を調整する機能、建前になります。例えば、この人は嫌いな人だと感じても自分の人生にプラスになる人と考えたら、笑顔で接します。当時の私は社員の前でも、友人にも本音の部分より、その場で何が必要かを考えて、表現、行動している自分に気付きました。ほとんど心にもないことをしてますから、あまり人の心は打ちませんし、私も楽しくありません。私の心の晴れない原因の一つがここにありました。

イソップ物語に、キツネが出てきます。高い枝に実っているブドウを見て舌つづみをしました。何回も何回も飛び上がっても獲れません。あきらめたキツネは忌々しく思い「あのブドウは酸っぱい、おいしくない」とつぶやきました。手に入らなければ、悔しい、自己否定につながります。その心を慰めるため、自分に都合の良いように思う、「心の合理化」とも言います。お金持ちになりたかったけどなれなかった時、人は「お金があっても幸せになれない」「お金持ちは悪いことを平気でする人だ」と。友達が少ない友人が「どうせ一人で生まれてきたから、一人で死んでいきます」と言っていました。本当に数年後に一人で病気で死んでしまいました。当時の私には、彼をサポートする力が残念ながらありませんでしたが、本当は友達が欲しかったんだと思います。夫婦仲が良くない友は「どうせ他人同士が、同じ家で住んでいるので、うまくいかないのは当たり前」と今も話しています。なりたい状態にほど遠い時、何の行動も起こさない代わり、自分を慰めます。これも「本音隠し」、「自己不一致」です。

私たちは社会の一員ですから、「本音」だけで生きている人間はいません。「建前」と「本音」を上手に使い分ける「大人の対応力」が求められます。私は自分の「自己不一致」に気付いてからは、出来るだけ「感じる」気持ちを大切にして生きて行こうと決めました。「感じていること」と「考えていること」の違いもほとんど理解できずに生きてきましたので、自分によく「今、何を感じている」と問いかけていました。勿論今もしていますので「辻本さんは分かりやすい」と言われます。でも自己防衛のため、他者のために必要を感じたら自分に嘘をつくこともあります。これは自分で嘘をついているという意識がありますから、自分ではOKにしています。最近では、他の人がどちらで話をしているのか敏感に分かるようになりました。少し前ですが、ビジネスパートナーは建前と本音を平気で使い分ける人でした。こんな男と人生を共にしたくないと思い、関係を断ち切りましたが、懐かしい思い出です。

最近、とても残念に思っていることは、過去の私のように「感じる心」より「考える心」を中心に生きている人が沢山いることです。職場で物分かりがいい人、思いやりのある人と思われたいがために、本音を隠して、無難に生きている人。時にはダメな自分を隠すために、必要以上に媚を売って自分を売り込む人もいます。このような生き方が習慣化されている人も見かけます。その結果、それなりのプラスを得ているのでしょう。でもその陰で多くのことを失っていることに気付いていません。本当の自由がない、毎日の楽しさが乏しい、他人への影響力も低いので、人のサポートも出来ません。さらに夫婦仲が良くないことに対して、すでにあきらめている人もいます。お互い我慢の毎日、大きな波風が立たないというメリットがありますが、家庭の団欒、安らぎ、老後の安定等、失っているものもたくさんあります。

一度、自分の中の本音と建前をチェックして下さい。世の中、そんなに簡単ではないことも、人間ってそんなに強くないということも分かっているつもりです。でも自分に正直に、「自己一致」の領域を少しずつ広めていって下さい。

「目からウロコが落ちたか」採点をしてみよう！
A
B
C
D
E

25 素のままで

親が「加平」と名付けました。そのお蔭もあり（?）、小学校から大学まで同級生及び先輩からは、ほとんど「加平」と呼ばれ、女子、後輩からは「加平さん」と言われていました。この年になって今は「加平」と呼ぶのは二人の姉だけになりました。しかし久し振りに同窓会に参加すると、昔ながらの呼び名「加平」で、どんどん呼ばれます。数十年ぶりに出逢った旧友からいきなり「加平」と言われるのも、少しは戸惑いますが学生時代とまったく同じで、嬉しく思っています。23歳で学習塾を立ち上げたとき、部下は学生時代の後輩が多かったので、「加平さん」と呼ばれていました。27歳ごろ生徒数も千名ぐらいになり、教室に私立高校の校長先生が来られた時も、いつも通り「加平さん」です。すると幹部の一人が、社員も多くなりいつまでも「加平さん」ではなく、今日から「理事長」にしようとなりました。27歳から「理事長」になりましたが、とても軽い「理事長」だったと思います。組織も上下関係を明確にして、タテ型で、「理事長」「学院長」「部長」「課長」「教室長」という呼び名で統一しました。47歳で新しい会社を立ち上げた時、少しの反省も踏まえて自由に何でも話し合える組織、フラットにしようと考え、役職名でなく、全員が「○○さん」と呼び合うことにしました。学習塾時代の元部下に逢うと今でも「理事長」ですが、二つ目の会社の部下はずっと「辻本さん」です。こちらの方が私は好きです。

友人に山田さん（仮称）がいます。なかなかの公務員で、能力、人望があり、人脈もたくさん持っています。その彼がなんと市長候補、出馬するかもしれないとなり、選挙運動を手伝うという話も出てきました。その時私は「山田さんが市長になっても、落選して少しみじめになっても今まで通り『山田さん』と呼ぶよ」と伝えました。市長になっても、落選しても、僕にとって「山田さん」は変わらない。「市長」と呼んで媚を売る気もないと。彼の反応は「そのように言ってくれて、とても嬉しい」でした。世界チャンピオンになったボクサーAさんに私は「チャンピオン」とは呼びませんでした。初防衛戦の前に逢った時に、「勝っても負けても、僕にとってAさんは変わらないよ」と伝えたら、にっこり笑ってくれました。山田さんは体調を崩されて、役所を理事で定年を迎えましたが、今でもよく遊んでいます。Aさんは防衛戦に負けましたが、友情は変わりません。

企業は組織で動いていますので、ルールがあります。もし役職名で呼ぶことが決められていたら、給料をもらっていますから、反抗することはないでしょう。肩書で呼ばれて喜んでいる上司がいたら、どんどん呼んであげて下さい。最近、自治会会長の役が回ってきました。すると今まで「辻本さん」「加平さん」と呼んでくれていた人が「会長」と呼びます。ある会で「副会長」の役が回ってきたら同じように「副会長」と呼ぶ人が出てきました。そのように呼ぶのが礼儀とでも思っているのか、私が喜ぶと思っているのか、色々あると思いますが、私は肩書で呼ばれるのは嫌いですし、私も肩書で呼びません。昔から付き合いのある後輩が会社を上場させました。とても嬉しいことですが、今でも社長と呼ばずに出逢った頃の「○○先生」、No．2の専務も「○○君」と言っています。別に嫌な顔もされません。（本心は分かりませんが）

立派な肩書の人でも源のところで腐っている人もいますし、肩書がなくても光るものを持っている人もいます。要はその方の中身です。肩書はどんどん変わり、そしていつかは無くなります。中身で付き合っている訳ですから、その度に呼び方を変えることはとても億劫です。飾ったりしない素のままで付き合える関係をこれからも大切にしていきたいです。

「目からウロコが落ちたか」採点をしてみよう！
A
B
C
D
E

26 大人の発達障がい

「あの人、ちょっと変だよな」「何故、空気が読めないんだろう」と思える人が周りにいませんか？　それはその人の個性なのか、それとも、もしかしたら「大人の発達障がい」かもしれません。昨年25歳の娘さんとの関係が上手くいかないお母さんから「とても仲良くやってます」という嬉しい報告がありました。その理由は、娘さんが「大人の発達障がい」だと分かり、その特性を二人が共に理解できたからだそうです。最近の調査では約2％の方が「軽度の発達障がい」を含めて、居られるようです。本人が日常生活で「生きづらさ」を感じる「つらさ」や、周りの人々が「どうしてなの」と思う「とまどい」をよく耳にします。私たちがまず「発達障がい」を正しく理解することが、多くの人々の苦しみを解消する手助けになります。

「発達障がい」とは「注意欠陥、多動性障がい」及び「アスペルガー症候群」等々を総称するものです。外見だけでは判断が難しい症状のようで、その原因は、親の育て方、家庭環境、本人の性格とは全く無関係で、「脳機能のかたより」と言われています。この「かたより」によって、行動に独特の特性が出て、周りの人々とうまく付き合うことが難しくなります。「治す」「治さない」という考えより、社会生活になじむために上手な「対応方法」を身に着けることが大切になります。

「発達障がい」は子どもの頃から症状は出ますが、個人差がとてもあるようです。軽度の場合では「マイペースな子ども」「ちょっと変わっている」と思われるだけです。学生時代は、ひと付き合いが下手でもどうにか過ごすことが出来ました。でも社会人になると、求められる役割が変化して、とても複雑になります。付き合いは苦手でも、やり取りはしないとダメですし、相手の表情を読み取ることも求められます。具体的には下記のような特性が出やすいです。

・雑多の人と円満に付き合う事、交渉事は苦手。

・一般的な社会常識や、組織内での暗黙のルールへの理解が低い。

・不注意、忘れ物が多く、思い付きで行動する時がある。等々。

しかし、だからといって「社会で活躍できない」ことはありません。逆に、興味のあることに対して、集中力を発揮して、時には創造力、記憶力で素晴らしい成果を出す時もあります。

改善するためには、本人の意識の変化と、周りのサポートが求められます。原因は、能力、努力不足ではありませんので、本人は「ダメな人間」だと思って、自分を責めないでください。まずは、

1、自分の特性を理解する。

2、肯定的に受け入れる。

3、一歩一歩、ゆっくり前に向かって下さい。

適職を探すには、

1、自身の興味がある対象を知る。

2、得意分野を書き出して見つける。

3、出来るだけ収入が得られる仕事に就く。

長所を生かせる、職人的な仕事に向いている人もいます。

職場では、

1、一日のやるべき仕事をしっかり手帳に書き込み、管理する。

2、やるべき作業の手順と方法を自分で分かりやすいようにする。

3、出来ることから、一つずつ片付けていく。

私たちも彼らの特性を受け入れて、職場でも家庭でも苦手なところは暖かくサポートしてあげて下さい。冒頭の母娘の話、娘の「ちょっと変」にずっとイライラしていた母が、それは特性だと、二人が共に理解できて、関係が改善されました。とても深いお話ですね。このように良い関係が広がることを願っています。

追伸：ここでは「障害」ではなく「障がい」としました。

「目からウロコが落ちたか」採点をしてみよう！
A
B
C
D
E

27 ぬくもりの輪

保険業界で世界一になられたことがある彼女とは、三十年来の友人です。十年ほど前、一年振りぐらいに用事が出来たので携帯に電話をしました。すると私が話す前に「加平ちゃん、こんにちは」と明るい声が返ってきました。その一声で久しぶりの電話にもかかわらず、暖かいものを感じました。今では当たり前になっていますが、彼女は私の電話番号を登録していただいていたようです。「さすがは世界一」。

私も早速真似をして、多くの方々を登録しました。そして電話をいただいたら「〜さん、こんにちは」と話すようにしています。最近、友人に電話をすれば、その対応によって登録されているかよく分かります。二、三回ぐらいは仕方ないのですが、何回も電話をしているのに未だに登録してもらっていないと残念です。ちょっとしたことが人付き合いの「妙」になると思います。

たまに、行事のご案内をいただくことがあります。この案内状の中に一言、直筆で「辻本さん、よろしくお願いします」と書き添えられていると私の存在が「大勢の中に一人」から「あなただけ」になり、「参加しよう」という思いが高まります。行事の準備等で忙しい中、案内状一枚一枚に丁寧に一筆書かれるのは、友人を大切にしているという姿勢だと思います。私事ですが、以前出版記念パーティーをさせて頂いた時、すべての案内状にその方の名前と一筆添えました。終了後御礼の手紙にも同じ事をしましたら、出席者の奥様から「加平ちゃんのファンになった」と言ってもらいました。年賀状でもただ印刷されているだけでは、ぬくもりが感じられません。一筆があると距離が近づきます。

友人が喫茶店をオープンさせたので、お祝いと応援のために寄せてもらいました。そこそこ混んでいましたが、忙しかったのでしょうか、少し離れた所からお客さんに向かって頭を下げただけで終わりました。「ああ、もったいない」と私は思いました。わざわざ来ていただいた方に対して、直接お礼の言葉を伝えるのが礼儀です。そうされると、寄せてもらって良かった、友人にも紹介しようという気持ちになるものです。

私はカラオケが趣味で、「ジャンボカラオケ」という店によく行きます。スタッフの方々は二十、三十代でマニュアル通りの運営が行われています。私たちの行動の源には「心」があり、心を磨けば行動は多くの人の心を打ちます。しかし心を磨くにはとても時間がかかりますので、一定のレベルを保つため、とりあえず行動の統一化が必要です。マニュアル教育を受ければ、素直な若い方々は、そこそこ上手にこなすことが出来ますが、悪く言えば事務的、暖かみに欠け、個性も出しにくくなります。もちろんカラオケ店にそこまでは求めていませんのでOKなのですが。しかし中には「長けた子」「個性を出せる子」がいます。その彼女は22歳ぐらい、機転が利いて、多様なお客のニーズにも上手に対応しています。受付で私の姿を見ると、他の方は事務的な対応ですが、彼女は笑顔で「いつもご来店ありがとうございます」と話しかけてくれます。「私は彼女のファン」です。受付で「お飲み物は」「食事はいかがですか」と言われた時、ほとんど断っていますが、彼女から言われると、いらない時でも注文する時があります。仕事場では言われたことをするのが作業で、いつまでもそれをしていると作業員になります。しかしそれ以上に工夫して、お客様、組織の成長のために行動できる人は仕事人です。こういう仕事人を評価する組織は強くなりますが、誰からも評価されないと、やる気をなくして作業員になってしまう時があります。もし友人が、お店を出すのでいい人を紹介してほしいと依頼されたら、迷わず彼女を推薦するでしょう。どの世界にもプロフェッショナルな人はいます。スーパーでレジ打ちをされている人の中にも「作業員」と「仕事人」に分かれます。お客様はそれを見ぬいていますので「心ある」レジの方の列に混んでいても並ぶようです。人は見ています。そして見られているようです。

私たちはぬくもりを求めています。集団の中での孤独は、とてもつらいものです。自分の存在、重要感が満たされると、やる気が向上し、幸せな気分に浸れます。お互いがちょっとした心遣いを交流させると「ぬくもりの輪」がどんどん広がります。

「目からウロコが落ちたか」採点をしてみよう!
A
B
C
D
E

28 使命感と厳しさ

テレビ番組「カンブリア宮殿」と「プロフェッショナル」は私のお気に入りです。素晴らしい成果を出されている方々から、深い学びをいただいています。毎回、テレビを見ながら、少し残念なことですが、何故私の人生が中途半端になってしまったのか、その原因が発見できます。これらの学びを、私の今後の人生に、そして多くの人々の成長に活かせたらと思っています。

１９７２年、23歳で塾をスタートさせました。今思い起こすに、立ち上げの動機は、青春のエネルギーをぶつける対象物を探していたと思います。もし「お金をたくさん稼ぐ」が一番の目的だったら、もっと上手に蓄えていたでしょう。それで幸せになれたかどうか知りませんが。中学一年生の時、成績が低下して、心配した母が近所の大学生に家庭教師を頼んでくれました。そのお蔭もあり、平均点より少し上になり、普通の高校、大学に入学できました。母に感謝です。塾をつくった目的の一つに私のような子どもを救えたらという思いもありました。40歳前後には、私の能力よりも外的要因にも恵まれ、二つの小さな塾を実質的に吸収したこともあり、大手塾になりました。そのころから外部のセミナーに参加したり、多くの経営者の方々からもご指導いただき、「世のため、人のため」「使命感」「理念」の大切さを学びました。しかし当時の私は、それらの言葉をより深く理解して、実践していく能力、余裕もなく、生徒、保護者の満足度を高め、会社が生き延びるために必死でした。

テレビ番組に出てこられる方々は、会社の発展のために行動されていますが、それと同じぐらい、いやそれ以上に「世のため、人のため」という思いがあるように思います。私たちはどうしても目の前の利益、どちらが得か損かの判断をしてしまいます。しかし、例えば低開発国の悲惨な現状を目の当たりにして、この国の人々の役に立ちたいと熱い思いを持って起業した方もおられます。この方にとって、もちろん売り上げ、利益も大切ですが、低開発国の人々のお役に立てているのかが一番の関心事です。さびれていく地元のために、うずもれている商品、農作物を掘り起こして活性化のために努力しておられる方もいます。稲盛氏が物事を始める時に、「動機は善か、私心はないか」をチェックしなさいとおっしゃっています。私は、私心は少しぐらいならあってもいいと思いますが、素敵な言葉です。「私の夢は政治家になることです、応援よろしくお願いします」と言われても「勝手にどうぞ」になります。「このような世の中をつくるために政治家を目指しています」と言われたら心は動きます。売り上げが低迷中の経営者が訪ねてこられました。どうしてもお客様のためより、企業利益を優先にしてしまうようです。気持ちはとても分かるのですが、スタッフ全員がお客様に役に立っているという「誇り」を持てるよう、「理念」の大切さをお伝えしました。

もう一つ、私の力不足を感じるのは「厳しさ」「強さ」です。物事を前進させるためには「強い組織」「強力な人材」を育てなければいけません。部下を成長させるには「認める、褒める」と「厳しさ」両方が求められます。私は、前者は不得手ではなかったのですが、後者は弱かったです。そこそこ頑張っているから「まあええか」では企業の目標が遠のき、理念に反します。本人の成長のためにも、やっつけるのではなく、愛情をもって厳しく指導することが必要です。結果を出すため、最善の努力をしているのか、もし出ていなかったら、その原因を本人に考えさせているのか、本人が分かっていなかったら、具体的に対策を伝えているのか。大変なエネルギーと器の大きさが必要ですが、番組に出ておられる方々を見ていると、私の力のなさを感じます。今までの部下の皆様、スミマセン。私が部下の成長のために厳しく指導できなかった原因は、自分に対する甘さがあったからだと思います。「厳しさ」が充分にあれば部下にも同じものを求めたと思います。今後の課題にします。
二つのテレビ番組から「使命感」と「厳しさ」を学んでいます。目の前の損得だけの判断では必ず挫折します。さらに切り開いていく「強さ」「厳しさ」も、とても大切です。

「目からウロコが落ちたか」採点をしてみよう！

A
B
C
D
E

29 プレゼントが届きますよ

「ガンからのプレゼント」という素敵な言葉に出逢いました。五十代の著名なガン手術執刀医が、たまたま受けた検査で、ガンが発見されました。本人からすれば「まさか」、医者の不養生、不注意の結果のようです。後悔と不安、死への恐怖を感じながら、休みを取りながらも、医療行為は続けられました。そして二つのことを発見。

1、ガン患者さんの本当のつらさ、不安が理解できて、今まで以上に寄り添えるようになったこと。後輩の先生にも熱く語られたようです。自分は人間として医者として成長したことが、実感できますと。

2、いつの日か患者さんの終末期医療のために、理想的なホスピスを立ち上げようと、考えておられたようです。今回の件で時は限られている。「いつか」はやめてすぐに取りかかられたようです。資金集め、場所探し、建物の設計と多くの人々のサポートをいただきながらスタートされました。ガンから二つのプレゼントが届きました。

友人に、教育の仕事をされながら、四人の子どもを育てておられる女性がいます。三番目の子どもが小学四年生で不登校になりました。悩み、苦しみ、多くの人に相談されましたが、分かってもらえない。しかし、時間がかかりましたが、彼は学校に行くようになりました。すると今度は、四番目の子どもが不登校に。彼女はこの二つの体験をお母さん方のためにドキュメンタリー風に本にされました。教育に携わる人間の子どもが二人も不登校に。子どもの将来に対する不安と、教育者としてのプライドから、とても恥ずかしくて、この世の終わりぐらい落ち込んだようです。しかし数年間の試行錯誤を繰り返し、どうにか不登校を克服しました。その結果、彼女は最高の学びを獲得しました。彼女は本文で、「もし四人の子どもが難関校に合格して、何の悩みもなく育ってくれていたら、こうすれば難関校に合格できますよ、優秀な子どもに育てましょう」と。そして子育てに困っているお母さんには、「あなたの子育て、間違っていますよ」と平気で伝えていたかもしれませんと。涙あり、感動あり、感謝がありの実話です。本の終わりに、彼女は「不登校は神様からのプレゼント」と書かれています。

研修旅行でバリ島の大富豪、兄貴こと、丸尾孝俊氏に逢いに行ってきました。彼が主人公の「出稼げば大富豪」というタイトルで本にも映画にもなっています。五時間ほどですが、皆さんと一緒にお話しさせていただきました。多くの質問に冗談を交えながら、シンプルに話されていました。大富豪になられたのは、目指したのではなく、現地の人々の幸せを願って、活動していたらこのようになったとのこと。「自分主義」ではなく「他人主義」が成功の Key word ですと。生い立ちをお聞きすると、驚きです。両親はとても不仲で、家にはほとんどいない、冷蔵庫には何も入っていない。いつもハラペコで4歳でコロッケを万引きして捕まる。見かねたコロッケ屋のおばちゃんが、手伝ったらあげると言われて4歳からアルバイト。夕方公園で遊んでいたら、一人帰り、一人帰る。いつも最後は自分一人、帰っても家に誰もいない、食べ物もない、祖母と近所のおっちゃん、おばちゃんに育ててもらったとのこと。中学校卒業後は、実社会で生きる力をつけられたようです。

プロ野球WBCの投手コーチで、元横浜ベイスターズの優勝監督の権藤博氏は、中日ドラゴンズのエースでした。新人王を取り二年間で六十勝以上、権藤、権藤、雨、権藤、と連日登板。酷使がたたり故障に、数年で現役引退を余儀なくされました。本人が「あの時のつらさを知らなければ人の痛みもわからず、ここまで長くコーチをつとめることはできなかった」と。

私も53歳ぐらいまではまあまあ順調でしたが、うつ病、引きこもりを二年間体験しました。多くのことを失いましたが、人生の裏側を見学できました。55歳からの人生に活かされています。

まさに「失敗は成功の基」「人生、無駄はない」です。つらさの中から光を見つけ出す人間の凄さですね。今ピンチの方、チャンスです。数年後にこの苦しみが、良い思い出になるように、今何をすべきか考えて、実行して下さい。プレゼントが届きますよ。

「目からウロコが落ちたか」採点をしてみよう！

A
B
C
D
E

30 「幸せ」の研究中

七十年間どうにか生きてきました。私の一番の興味は、人間の「幸せ」です。どうすれば私達は幸せな人生を過ごせるのか、別の言い方をすれば、とても厄介な人間の研究です。私たちは大なり小なり「欲」があります。多くの人から尊敬されたい、もっとお金を稼いで豊かな生活がしたい、等々。これらの欲があるから、人は努力をしますが、行き過ぎると、幸せが遠のきます。もう一つ、私たちは「人の役に立ちたい」という思いもあります。「優しくなければ人間ではない」というシンプルな言葉がありますが、幸せになるための key word です。私たちの行動は「自分のため」なのか「人のため」なのか、白黒がはっきりしている時もあれば、両方が入り混じっている時もあります。人をだましてでも自分の利益のみを求める人もいますし、困っている人を見たらすぐにサポートに行く人も沢山おられるでしょう。企業活動は「社会のため」と「会社のため」の両方が、上手に入り混じっていると、発展性と継続性が高まります。世の中に役に立つ商品、サービスを提供すると、その結果ご褒美としてお金が入ってきます。スタッフの方々のやり甲斐が高まり、生活も安定します。俗にいうウィンウィンの関係です。

「幸せ」は作るものではなく感じるものです。裕福な家に生まれた20歳の女性が、彼氏に高級フランス料理店に連れて行ってもらいました。でも小さい時からよく行っているので、あまり嬉しくなかったようです。もし普通の家庭で、外食もほとんど経験していなかったら、彼女は幸せを感じていたでしょう。「幸せ」は夕陽を見ても、散歩をしていても感じます。無料です。友人が一番幸せを感じるのは、友と語り合っている時、中でも自分が知らなかったことを学べた時だと断言しました。そのためには金融資産も必要ですが、友人との良い関係を築いていくこと、即ち関係性資産が大切だと強調されていました。

50歳ぐらいまでは、まずは自分の生活基盤を築くために、しっかり働いて儲けて下さい。お金はないよりある方が余裕が出ます。でも少しずつでOKです。「世のため、人のため」というスペースを広げていって下さい。善人と悪人なら善人に。強い人と弱い人なら強い人に。私がとても残念に思うのは、60歳を過ぎて社会的に立派と言われている人が、いまだに自慢話が多くて、自分を尊敬してもらいたい欲が多い人がいます。心の貧しさですかね。

40歳のころ、ある先輩から、このような事を教えてもらいました。

・長生きすることに意味はない。
・お金持ちになることも意味はない。

・社長、政治家、有名人になることも意味はない。

「世のために何ができるか」に意味があるのだと。

昨年「子ども食堂」を地元で立ち上げました。まずは既に活動されている五ヵ所に見学に行き、話を聞かせてもらいました。全員がとても心の優しい方々で、私もその中に入れていただけると思うと、やる気が高まりました。二十数名のボランティアの方々、百名以上の協賛者のお陰で、毎回四十名～五十名の方々に美味しい料理を提供させていただいています。そしてこの活動を通して多くのことを学びました。これだけ多くの人が役に立ちたいと思っていること。でも残念ながら何をすればいいのか具体的に分からない。しかし誰かが声を上げると多くの善意は集まる。ここにヒントをいただいて、長年温めていた「貧困の連鎖を断ち切る活動」をスタートさせます。貧困の子どもは七人に一人、一人親世帯の半分は貧困のようです。教育を受ける権利は公平にあるべきです。今回も皆様と力を合わせて活動していきます。

私の「幸せ」の研究で一番のヒントになっているのは「フランクル心理学」です。「人生は求めるものではなく、人生があなたに求めている」。人生でああしたい、こうしたいもOKですが、あなたを必要とされている「何か」と「誰か」のために生きることが最高の幸せであると。自分の命を何に使うか、これが使命感です。何も大それたことをする必要はありません。日常生活の中で「何か」と「誰か」のために、町で掃除をしている人を見かけたら、道で困っている人を見かけたら声をかける、等々。小さなことからスタートです。

これからも、とても厄介な人間の「幸せ」を研究していきます。

「目からウロコが落ちたか」採点をしてみよう！
A
B
C
D
E

終わりに

ウロコがたくさん落ちたでしょうか。「行動力は素直さである」という言葉があります。素直な人は良いことを学べばすぐに行動します。行動すれば成果が生まれ、良い習慣が身に付きます。今以上の幸せをGETして下さい。

辻本加平プロフィール

1948年生まれ。大学を卒業後、アメリカ遊学。23歳で学習塾をスタートさせる。創業理事長として生徒数を八千名の大手塾に成長させるが、訳あって47歳で卒業。48歳でパソコンスクールを立ち上げ、四年間で関西に十教室を展開させる。しかし53歳で経営危機に、その結果うつ病を患い、二年間家に引きこもる。多くのものを喪失するが、55歳で人生の表と裏の両面を体験、少しは立派な男（?）に成長する。

37歳で心理学デビュー、各種セミナー受講、カウンセリング等を学び、協会の事業部長としても活動。でも本人がうつ病に、その原因と多くの人々の予防のために「うつ病・自殺からあなたを救う」を出版。60歳で教育業界のお礼奉公のためにコーチングを導入した学習塾を創立する。五年間教育現場で子ども達、保護者と向き合い、その体験をまとめた「辻本加平の子育てコーチング」を出版する。67歳で三十年間あたためていた四冊目の本「幸せを科学するパラダイムシフト」を出版。今回は、善人と悪人なら善人に、強い人と弱い人なら強い人に。生きて行く力と、教養が身に着かれることを願って「目からウロコが落ちるかも」を出版。

現在は、NPO法人「子ども未来」を立ち上げて、貧困の連鎖を断ち切る活動、及び地元の人々を巻き込んで「子ども食堂」を実践中。コーチング、カウンセリングのセミナー、子育て講演、子ども達、多くの人々との面談を年百五十回以上実施。遊びは、シャンソン、一人カラオケ、ソフトボール、英会話、中日ドラゴンズの追っかけ、すき焼きパーティー、旅行等。毎金曜日早朝六時三十分より、堺の倫理法人会で人生を学び、出会いを楽しんでいます。

NPO法人「子ども未来」　代表理事
こども食堂　会長
一般社団法人スクールコーチング協会　理事長
大阪偕星学園　評議員

辻本加平

目からウロコが落ちるかも

発行日
2018年6月2日

著　者
辻本加平

発行者
久保岡宣子

発行所
JDC出版
〒552-0001　大阪市港区波除6-5-18
TEL.06-6581-2811(代)　FAX.06-6581-2670
E-mail　book@sekitansouko.com
H.P　http://www.sekitansouko.com
郵便振替　00940-8-28280

印刷製本
前田印刷(株)

心にひびく言葉
心にのこる一冊

JDC出版案内

COCOROの文庫

ちょっと一言	日常の生活から拾った“ちょっと”したことを女性らしい感覚で取り上げたすぐれた社会時評。難解な用語や表現を使わず、短いセンテンスで、解し易く、物事の本質を的確にとらえたさわやかな一冊。（鈴木政治）	中島幸子 著 A6判上製/88頁/631円
ちょっと一言 その2	ものを見る目が鋭い。指摘が的確だ。著者の温かい人柄、きっちりした仕事をされる姿勢が伝わってくる。（阪本亮一）	中島幸子 著 A6判上製/88頁/800円
ちょっと一言 その3	著者の人柄と豊富な人生経験があるからこそ、読む人の心を惹きつける深いものになっているのでしょう。（春木美恵）	中島幸子 著 A6判上製/88頁/800円
おおい、月よ 子どもへ、子どもの心を持つ大人たちへ	宇宙と私たちは一体の存在です。宇宙と宇宙は真空でくっついているし、地球と宇宙は空気でくっついているし、空気と人間はぴったりくっついています。たとえ私たちが煙になっても、宇宙と地球と人間は一つながりのものなのです。	川上　勉 著 A6判上製/76頁/631円
息子への手紙 さわやかな風を聞こう	東京でパン作りの修業をしている長男へ送った手紙をまとめたもの。妻が胃の大手術を受けたり、四男が大学受験を迎えたりと家族にとって試練の時期をこの手紙で築いた絆で乗り越えていく過程が読みとれる。（日本経済新聞）	墫　栄藏 著 A6判上製/80頁/800円
うさぎとかめ 弁護士陽子のおくりもの	心のメカニズムを、一つひとつ解きほぐして見つめていくと、人の生の深淵が見えてくる。歳をとることの楽しさは、この深淵が見えてくることではないだろうか。	若松陽子 著 A6判上製/80頁/631円
ん いま　ここにあるしあわせ	私は私らしいのがいい。あなたはあなたらしいのがいい。みんなと違っているのがいい。あなたが貴いのはあなただから。	山本紹之介 著 A6判上製/80頁/650円
たのしい時間 明日が待ち遠しくなる本	どこにでも、いつでも、あなたの「楽しい時間」はやってくる。なにげない日常のなかに見つける心はずむ時たち。行間から立ち上がるすがすがしさに不思議な活力が漲る。明日という日が待ち遠しくなる一冊。（難波利三）	坂東笑土子 著 A6判上製/80頁631円
人生そしていのち —健康で知恵ある生活のために—	四季・健康・人生について、そして多くの先人達の知恵や教えを深い感動のなかで学んだエッセイがつまっています。	萩原俊雄 著 A6判上製/80頁/650円
心身ともにすばらしい人生を送るために 健やか	希望や愛、明るく積極的な心、生きようとする強い意志は、人間の神経の働きを整え免疫力を高めます。	中島文保 著 A6判上製/80頁/650円
からっぽあっぽ やさしさをありがとう	ことばあそび、こころあそびの書の楽しみ。からっぽがいいなー。抱えきれなくなった心の荷物をやっとおろした時、からっぽのただの人である自分に出会いました。	野々口純代 著 A6判上製/80頁/700円
独生独死 — ごえんさんの人生法話	親が子どもに残してやるものは財産でしょうか。親が子に信心と感謝に生きる道を示しておけば、いつか子どもの心の中に真実を求める心が芽生えるときが来るものです。	佐々木英彰 著 A6判上製/84頁/800円
心の四季 —西と東— Soul of the Seasons	著者発行の英文俳誌AZUMIは九ヵ国で配布されている。50号をむかえたAzumi誌から、各国の俳人による洗練された作品を和英両文で一冊の句集にまとめられている。	山藤一谷 著 A6判上製/90頁/700円

子曰く それ、恕か ― 人生が最大の作品	心穏やかに相手を許し、慈しむ人間であるためには、自分自身が成長しなければならない。誰もがそうなったとき、世界は本当の意味で柔和で穏やかなものになるでしょう。	下村　澄 著 A6 判上製 /80 頁 /700 円
人づきあいの旅にでよう	あなたが現状からさらに飛躍して成功するために、自分にない才知を持つパートナーのつき合いを求めて、生ある限り、人間行脚の旅をしつづけていく。	青木匡光 著 A6 判上製 /80 頁 /800 円
仏教童話（カラー版） 貧女の一灯	この本は、あなただけの宝ものです。	大石華法 著 A6 判上製 /32 頁 /800 円
他人を生かし自分を生かす ― ゆとりある人生のために	人は、気持ちに張りさえあれば、いくつになっても「キラキラ・ワクワクの人生」を求めることができる。	阪本亮一 著 A6 判上製 /80 頁 /700 円
白い世界の妖精 36のショートメルヘン	やさしさ、郷愁、私たちがちょっぴり忘れていたものを、この一冊に思い出すでしょう。	中村　博 著 A6 判上製 /80 頁 /700 円
健康をあなたに ―自然治癒の本当の力―	ストレスはもういらない。頭のなかをスッキリと、心は大きく自由にはばたかせましょう。精神と食べものを考えるとそこにキレート水の力を見いだすことができました。	木村謙二 著 A6 判上製 /80 頁 /700 円
香りのてびき	日常生活のなかに生きる、思い出のなかによみがえる香りのおはなしと、香りとのつきあい方のてびき。健康と香りについても考えます。	堀田一郎 著 A6 判上製 /80 頁 /631 円
字てがみ年賀状 一年に一回、一字で あたらしい気持ちをつたえる	年賀状も字てがみで。古くて新しい年賀状のかたち。一字でおめでとうを表わしましょう。	髙嶋悠光 著 A6 判上製 /80 頁 /800 円
字てがみの四季 日本の四季を字てがみでたのしむ	季節の気持ちを漢字一字で伝えましょう。季節の一字を選べる参考書。	髙嶋悠光 著 A6 判上製 /80 頁 /900 円
字てがみのごあいさつ お祝い　お礼　お見舞い　おくやみ　おわび	ごあいさつにふさわしい漢字を、髙嶋悠光先生の作品で収録。	髙嶋悠光 著 A6 判上製 /80 頁 /900 円
字てがみを書こう 身近な筆記用具で字てがみを楽しむ	この頃人気の「字てがみ」。でも、筆でなく、ボールペンやマジックペン、色えんぴつなどなど、身近かな筆記具で「字てがみ」をたのしみましょう。	髙嶋悠光 著 A6 判上製 /80 頁 /800 円
悠光の年賀状 字てがみを超えて	日本人みんな、悠光先生みたいだと、お正月は倍たのしい。	髙嶋悠光 著 A6 判上製 /72 頁 /900 円
苦労の節約	おそらく、真理を見通してしまった人にとっては、正しいことが、そのまま楽になるでしょう。悟れなくても、楽に生きるわたしたちでありたいものです。	森本　武 著 A6判上製 /168頁 /1,300 円
10歳（テンサイ）の疑問 私はどうして私なの？	愛ってなんだろう、命ってなんだろう、心はどこにあるの。幸せにはどうしたらなれるの？そんな 10 歳の質問に大人たちがやさしく答えます。	田中晴名と10人の大人たち 著 A6 判上製 /72 頁 /800 円
明日を笑顔に 晴れた日に木陰で読むエッセイ集	大人が絵本をみるように、心おだやかになる「おとなの処方箋」。	山本孝弘 著 A6 判上製 /88 頁 /800 円
退屈している暇はない	スモコンピュータービジネスという会社の場合、コスモはワンダーランド。芥川賞作家、辻原登を生んだ人間味あふれる会社の体質とは。	芥川賞作家 辻原 登 編/著 A6 判上製 /80 頁 /650 円

天へのかけはし

時折、自分自身が生きてきた時間の外にある何かを無性に思い出したくなります。もしも思い出すことができれば、それだけで心に安らぎがもたらされるに違いないと一。伊勢神宮権禰宜が語る心の宇宙。

こほりくにを 著
A6 判上製 /80 頁 /631 円

えっ！パンダって熊とちゃうん！？

神戸のパンダの中にテディベアがいるかも？パンダ好きの、テディベア好きの子供たちへのプレゼント。

絵とお話
おかだゆかり 著
A6 判上製 /32 頁 /1,000 円

未来を知る 手相の科学

手相は赤ちゃんがお腹にいるときに刻まれる。これが遺伝を表すメッセージ。その後、社会生活をすることで後天的な線が発達してくる。

高峯秀樹 著
A6 判オールカラー上製 /40 頁 /1,000 円

裸の俳句史 ピカソが判ると俳句が判る

天才は作風がどんどん変わる。ピカソを同じアーティストとして芭蕉と対比してみたとき、俳句の未来にピカソの生き様が浮かびあがった。

高峯秀樹 著
A6 判上製 /100 頁 /1,000 円

子どもたちの未来のために 日本の森を甦らせよう

小学 6 年生の和明君の語りで森林の大切さ、日本の文化と木についてわかりやすく物語られる。子どもにも読ませたい良質の一冊。

松村勝弘 著
A6 判上製 /88 頁 /800 円

転迷開悟

奈良薬師寺の四人の僧侶がそれぞれ僧侶として過ごしてきた日々の思いを、『転・迷・開・悟』(迷いを転じて悟りを開く) の四部作で、各自一冊の本に結集したもの。

転 転の段 村上太胤 著
迷 迷の段 おおたにてつじょう 著
開 開の段 加藤朝胤 著
悟 悟の段 生駒基達 著

A6 判上製 /80 頁 /650 円◆

いい話 一こころに一滴、たちまちさわやか

大好評！今、わたしたちの求めている感動、人との関わりがここにはあります。

志賀内泰弘 著
A6 判上製 /80 頁 /800 円

梶原和義 COCOROの文庫

- 超幸福論 — 無限の命の水を　A6判上製／80頁／800円
- 超平和論 — 全く新しい文明が必ず実現する　A6判／80頁／600円
- 超自由論 — 命をみつめると超自由が見える　A6判／96頁／650円
- 超恋愛論 — 現世を越えて永遠の恋愛を　A6判／160頁／800円
- 超未来論 — わたしたちの精神こそ新しい世界を出現させる　A6判／224頁／900円
- 永遠のいのち 素直な気持ちになると永遠が見える — 私たちが生きていることと、花が生きていることは同じ命につながっているのです。私たちの命がそのまま宇宙の働きなのです。　A6判上製／80頁／700円

COCOROの文庫 年間購読（毎月1冊）ギフト

身近な小さなことひとつ、あるいは壮大な宇宙をたった一行、そんなことを思い出すことができれば、と編集された小さな本です。大好きな方へ、いい出会いをしたい方へ、やさしさあふれる贈り物としてご活用ください。

◆年間12冊送料共10,000円◆年間6冊送料共5,000円

SPIRIT

おかげおじさん COCOROを自由に	この本を手にしたあなた！今日はあなたにとって人生が転換する日かも？	おかげおじさん 著 B6判/72頁/1,000円
思いどおりに生きる	波動を活かして、こんなにすばらしい人生が。	山本紹之介 著 B6判/300頁/1,800円
ぽけっと版 **言葉の散歩道**	わたしたちは　確かに生きています　この宇宙のなかで	山本紹之介 著 A6判/80頁/700円
元気で長生きするために **心の力を強めるコツ**	必ず変わる。幸せになる。必ず元気で長生きできるようになる。できる。できる。必ずできる。	山本紹之介 著 B6判/36頁/500円
その悩みはまちがいの警告だ	苦しみや悩みは、まちがいの警告であることに気づいて、早く取り除くことが、明るく楽しく生きるコツである。	熊澤次郎 著 B6判/136頁/1,100円
先思後動（せんしごどう）——あなたのお役に立ちます	思うこと、考えることは、心に記録されている。人生を歩んでいく上で、重要な役割を果たしている。思いを大切に実践して、多くの人々のお役に立とう。	熊澤次郎 著 B6判/84頁/950円
心の雑学	人は誰でも幸せになりたいと思っている。だから本当に幸せになりたいのなら覚悟することだ。	熊澤次郎 著 B6判/116頁/900円
シニア時代は **不良長寿で**	あなたの人生ドラマ、息のあるかぎり、幕を下ろすことのない壮大なドラマ、このとてつもない長丁場を見事にやりぬこう。	青木匡光 著 B6判/208頁/1,500円

徳尾裕久 幸福文法シリーズ

あなたにあえて世界一うれしい

あなたのスマイルは世界一うつくしい　幸福文法2

あなたの恋するこころは世界一かわいい　幸福文法3

あなたのすなおな心は世界一ひかりかがやく　幸福文法4

あなたを愛して世界一しあわせ　幸福文法5

あなたの永遠のひかりは世界一すばらしい　幸福文法6

あなたの恋は世界一あたたかい　幸福文法7

あなたのやさしさは世界一美しい　幸福文法8

徳尾裕久 著
A5判/72頁/各1,200円

日めくり

川柳日めくり **七味川柳** 國	中田昌秀辛口川柳第二弾。	中田昌秀 著 文庫サイズ/62頁/700円
川柳日めくり **ゴルフ川柳**	ゴルフネタによる川柳。ゴルフ好きにはもってこいの日めくり。	中田昌秀 著 文庫サイズ/62頁/800円
「がんばらない」でゆこう！	がんばった人、まじめな人、疲れているすべての人のための日めくり。	志賀内泰弘 著 文庫サイズ/62頁/800円
四国八十八カ所　天真爛漫な巡礼エッセイ **女へんろ元気旅**	へんろ道には多くの学びと喜び、そして気づきがある。日々うなづきたくなる日めくり。	森　春美 著 文庫サイズ/62頁/800円

魔法のことば 元気になる「字てがみ」日めくり。
髙嶋悠光 著
文庫サイズ/62頁/800円

ここからはじまる 「字てがみ」日めくり。
髙嶋悠光 著
文庫サイズ/62頁/800円

自分維新 自らを変えるために毎日役立つ日めくり。
青木匡光 著
文庫サイズ/62頁/800円

新たな一歩 未来の自分を信じて
西村兼一 著
文庫サイズ/62頁/800円

一生に一度しかない　今日という一日
聞こえまっか［心の糧］
木津秀夫 著
文庫サイズ/62頁/800円

たのしみながら
藤田悦史 著
文庫サイズ/62頁/800円

共に生きる 子どもと共に、周囲の縁ある人と共に
坂東笑土子 / 久保岡宣子 著
文庫サイズ/62頁/800円

こいこいちゃんの命ひかり輝く人生へ
徳尾裕久 著
文庫サイズ/62頁/800円

心からやりたいことをやろう
おかげおじさん 著
文庫サイズ/62頁/800円

白い日めくり 自分で作る白い日めくり
文庫サイズ/62頁/500円

本にもなる日めくり
お先にどうぞ この一言で、その場の空気がなごむ。
熊谷静雄 著
B6判/78頁/1,500円

ESSAY

映画が幸福だった頃〔田中徳三映画術〕
異色の映画会社大映を駆けぬけた映画監督田中徳三のすべてがここにある。溝口健二、市川崑、市川雷蔵、勝新太郎らとの交友。そして全作品フィルモグラフィ。
日本図書館協会選定図書
田中徳三 著
綾羽一紀 編
B6判上製/192頁/1,748円

映画で散歩
リュミエールからフランケンシュタイン博士、メトロポリスにブレードランナー、時代劇からウェスタン、SF映画にミュージカル。映画と一緒に散歩に出かけよう！
綾羽一紀 著
B6判/280頁/1,456円

あっけらかん〈書詩集〉
わたしは風の存在を知っている、けれど風をみたことはない。心ゆさぶる無の世界。自然と宇宙と一体になる心やさしい本。
あんがいおまる 著
中村路子 画
B5変型/80頁/1,200円

耳を澄まして〈書詩集〉
自由な書・詩でつづられた、あんがいおまるの心の宇宙第2弾。
あんがいおまる 著
B5変型/80頁/951円

いのちいっぱい
人としていのちいっぱい生きるとは、日々の暮らしのなかで、仕事を通して生きること。その具体性を著者自身の経験から、確かな、短い言葉で語ります。
今西恭晟 著
B5変型/80頁/1,262円

ESSAY/NOVEL

いきいきと生きる	人は生きている限りあらゆる可能性が残されている。人は幸福を求めて生きている。自然の法則に従い、社会に適合した者にのみ、幸福を獲得する権利が与えられる。	境 祐二 著 B6判上製 228頁/1,700円
国際家族の子育ち	家族、子どもの教育、学校、夫婦、親子…。国際結婚の著者が30数年の生活から語る今の時代に必要な考えるヒント。	山藤 泰 著 B6判/222頁/1,300円
ホステスの聖書	ホステスの語源は「欲する事に徹する」というのは嘘だが、この精神こそが愛すべき彼女たちの姿だと、心やさしき著者は語る。遊び人の告白の書。	中田昌秀 著 新書判/186頁/1,200円
地域づくりの文化創造力 ―日本型フィランソロピーの活用	現代人のライフスタイル、現代人の働きがい、高齢化社会における地域社会貢献と文化・芸術支援を考える。	高島 博 著 A5判/210頁/2,800円
日本古代史記 卑弥呼から難波王朝まで	本書は日本古代についての歴史学の従来の定説、通説の多くを否定している。しかし、「本当は何があったのか」をとことん追求した結果としての否定である。	古館 晋 著 B6判上製 452頁/2,200円
日本の想像力	想像力とは何か。そもそも想像ということばは、中国で未見の象を思ったことが原義だという。中西進、エドウィン・A・クランストン、古橋信孝、小谷野敦、他	日本図書館協会選定図書 中西 進 著 B6判上製/375頁/4,300円
〈幸福参考書〉 笑論文。	笑うのがこんなに難しい!? でも94話のうち、1つでも笑えればトク、ソンか…。まとめたつもりが喧嘩して、仲直りしたのにどうしようもなく、おかしな世界は終らない。	櫻井 公 著 B6判/208頁/1,300円
金髪碧眼(へきがん)の鬼達 鬼・天狗・山姥は白人的特徴を持っていた	過去の伝説的存在、鬼・天狗・山姥達は、金髪・碧眼などの「白人的特徴」を持っていた…。再発見の数多くの資料や、新しいデータも交えながら、彼らの正体に迫る！	中村 昂 著 A5判/442頁/2,800円
目からウロコが落ちるかも	日常生活の身近なところからヒントを得て、完成しました。小さなヒントが人生を大きく変えることも…。	辻本加平 著 四六判/148頁/1,200円
憂患に生き生き生きる	仕事をしていれば、まして経営者となると悩ましいことだらけ。それから逃げるのではなく、受け入れ、力にすることが「生き生き生きる」コツではないかと。	中島幸子 著 四六判/192頁/1,300円
「ありがとう」という日本語にありがとう	山本孝弘さんのネタの抽斗を覗き見たくなる、バラエティーに飛んだ感動話に心震える。今こそ必要な一冊である。(作家/志賀内泰弘)	山本孝弘 著 四六判/182頁/1,500円

NOVEL

ガラスの一角獣	テレビドラマ化された「視線の町」。クリュニー博物館から貴婦人と一角獣のタピスリーを盗む少年の話「ガラスの一角獣」など7篇の幻想小説。	日本図書館協会選定図書 綾羽一紀 著 解説/川本三郎 表紙銅版画/安井寿磨子 B6判上製/276頁/1,262円
ガラスの摩天楼	過去がふっとあらわれる「鏡の中の歌姫」。夢の時間が交錯する「ガラスの摩天楼」など、つかの間の幻影が綴られた12篇のファンタジィ。	日本図書館協会選定図書 綾羽一紀 著 解説/川本三郎 表紙銅版画/安井寿磨子 B6判上製/276頁/1,262円
ガラスの黙示録	幻影の作家、綾羽一紀のガラスシリーズ3作目。幻の映画館を描く「長浜鈴蘭商店街の映画館」、「ガラスの黙示録」など夢の11篇。	日本図書館協会選定図書 綾羽一紀 著 解説/川本三郎 表紙銅版画/安井寿磨子 B6判上製/260頁/1,359円

レディレインの肖像	過去から未来へ、未来から過去へ熱い想いとノスタルジーが駈けぬける。見失った愛をもとめて現在から過去へ旅立つ。	綾羽一紀 著 B6 判上製 382 頁 /1,500 円
旗と草履	草履屋の元助がひょんなことから侍に。大塩平八郎の乱を背景に、庶民のささやかな抵抗と生きる喜びを描く人情話。作家・難波利三が舞台のために書き下ろしたもの。脚本「旗と二八蕎麦」収録。	難波利三 著 綾羽一紀 脚本 B6 判 /88 頁 /1,200 円
大阪希望館	物質文明に溺れ、贅沢に慣れ切った世の中に一石を投じる一作。終戦後の昭和 22 年、生きること、食べることがすべてだった混乱の時代に、館長を中心にさまざまな人々がおりなすヒューマンドラマ。	難波利三 著 B6 判上製 /125 頁 /1,300 円
司政官	泉鏡花賞に輝く眉村卓の神髄。リリシズムとペシミズムが壮大なテーマの底に流れる、著者快心の SF 大作。今甦る司政官シリーズの原点。〈特別資料　眉村卓全作品 INDEX 付き〉	眉村　卓 著 B6 判上製 /332 頁 /2,427 円
貧乏神といたころ	あのころは、ほんと、みんな貧乏神と仲良くしていた。引き込まれて、あっという間に読める一冊。	中村路子 著 B6 判 /260 頁 /1,300 円
○ちゃん	大阪に名うての人たらしがいる。その名は○ちゃん。濃厚な人模様がパラレルワールドを広げる。	○ちゃん 著 B6 判 /222 頁 /1,500 円

ART

やくたにれいこの世界 薬谷礼子きり絵作品集	赤ん坊とお母さん、こどもの遊び、そして平和を愛するきり絵作家やくたにれいこの世界が広がる。	やくたにれいこ A4 判上製 /44 頁 /2,800 円
山中孝夫 画集 TAKAO YAMANAKA Pathos in Osaka	大阪の下町を描かしては右に出る画家はいない。昭和の大阪を存分に楽しめる一冊。	山中孝夫 著 A4 判上製 /44 頁 /3,100 円
Photo Essay い・ま・大阪	大阪の橋、渡し舟、民家、鉄道、そして大阪の人。 大阪の心を、写真とエッセイで綴る保存版。	横山四郎 写真・文 A4 判変型上製 /202 頁 上製ケース入 /3,800 円
上方文化人川柳の会 相合傘	ユニークな上方文化川柳の会のメンバー難波利三、桂福団治、やすみりえ他による傑作作品集。	二 B5 判変型 /80 頁 /1,300 円 三 四 七 八 九 十 B5 判変型 / 各 1,500 円
河村立司の山頭火	放浪の俳人「種田山頭火」の句にひかれ、その姿を描き続けた河村立司の句画集。山頭火の句を、ほのぼのとしたタッチの絵で表現。	河村立司 絵 A4 判変型 /70 頁 /2,718 円
ばら絵てい	河村立司が、さまざまなタッチの絵で披露。水彩、パステル、静物、風景、人物、ヌード…、そのどれにも独特の持ち味が生きています。オールカラーです。	河村立司 絵 A6判変型上製 /80頁 /1,500 円
川崎廣進作品集 人間を描く Human beings drawn by K.Kawasaki		川崎廣進 絵 B5 判 /80 頁 /1,500 円
画集 KATSUMI	知的障害の特徴である「あるがまま」をコンセプトにその時々の気持ちを素直に力強く表現している。	三宅勝巳 絵 B5 判上製 /72 頁 /1,905 円
震災川柳	現実である津波の句、季節句、温泉旅行の句、待ちに待った電気・水道が出た感動の句など二〇〇点を超える句が集まりました。 B6 判 /156 頁 /1,000 円	南三陸「震災川柳」を出版する会 著 詠み人 / 南三陸町旭ヶ丘地区・歌津地区の皆さん 編集 / 東北大学 長谷川研究室・若島研究室 川柳グループ

郵便はがき

恐縮ですが
切手を
お貼りください

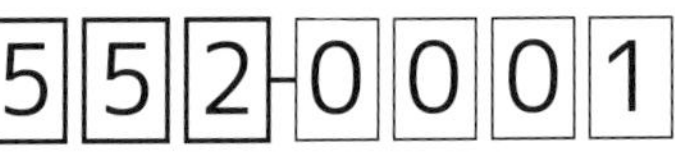

大阪市港区波除 6-5-18

JDC出版

愛読者カード係 行

ふりがな	年　齢
ご氏名	男　女
	ご職業

ご住所

お電話番号	FAX番号

E-mail

愛読者カード

本書をご愛読いただきありがとうございました。本書があなたにとっておきの一冊となれば幸いです。本カードは今後の小社の出版活動の参考にしたいと思います。お手数ですが、下記項目にご記入の上ご意見、ご感想などお寄せください。お待ちしています。

ご購入の書籍名

ご購入の動機

1. 書店で見た　　3. 著者を知っている
2. 知人の推薦　　4. その他（　　　　　）

お買い上げ書店名

ご意見・ご感想などご自由にお書きください。

注　文　書

書　　名	冊　数

小社出版図書のご購入につきまして、書店で手に入らない場合は、上記注文書でご注文ください。送料実費にて申し受けます。

JDC出版

〒552-0001大阪市港区波除6-5-18 TEL.06-6581-2811 FAX.06-6581-2670
http://www.sekitansouko.com E-mail.book@sekitansouko.com

小池ともみ 人生の詩
じゃがいもの旅鳥
105歳まではたのしんじゃおう、なんて、思ったりしているこのごろ。
小池ともみ 著
B6判/136頁/1,300円

ILLUSTRATED BOOK

恐竜大画報
「恐竜」―この言葉には無限のロマンが秘められている。この小さな本からも恐竜物語は始まる…。
和歌山県花園村
恐竜ランド 編
A5判/192頁/1,165円

絵本 **だいこんと34人の子どもたち**
市場で見つけただいこんが一人の主婦とこどもたちを結んだ感動の実話。
日本図書館協会選定図書
羽子岡紀子 作
はねおかじろう 絵
A4判変型上製/28頁/1,500円

絵本 **雲の子サム**
子どもたちに贈る、雲の子サムの大冒険。
おおしまのぼる 作・絵
A4判上製/24頁/1,200円

絵本 **いじけむし** ～あーちゃんとの出会い編～
KAZUKI 作
きたむらえ画お 絵
B5判上製/16頁/1,300円

こころのばんそうこう
こころはキャンパス。赤を入れれば赤くなって。青を入れれば青くなって。そして一枚の絵になる。
松丸宗裕 文・絵
B5判変型/80頁/1,300円

猫はもちろん猫だけど
短いことばにきらめく、直木賞作家・難波利三の心の世界と中浜画伯のうんちくありそうな猫どものしゃれた気分のからみあい。
難波利三 文
中浜　稔 絵
B5判変型/84頁/1,166円

町を救ったお地蔵さま
-安治川波除地蔵尊-
大阪安治川沿いに佇むお地蔵さまにまつわる、心温まるお話。
企画：安治川波除地蔵尊保存会
かめいすみお 文 うた 絵
A4判変型上製/24頁/1,200円

つんつんキラキラ
お大師さんの大鐘伝説
突如現れたお坊さんが「大鐘を小指で動かす」という無謀とも思える挑戦に臨むが……弘法大師の伝説を描いた絵本。
かめいすみお 文
うた 絵
A4判変型上製/24頁/1,200円

The Priest with the Miracle Finger
The Fable of Priest Kukai and the Giant Bell
「つんつんキラキラ」英語版。ウクライナの人々へ献本された本。
Story Sumio Kamei
Illustrations Uta
A4判変型上製/24頁/1,200円

なぎさとチュンコ
おばぁさん ふたり
遠き日の思い出が切なくも美しく。動物たちとの出会いと交流を優しく語る。
小池ともみ 文 うた 絵
A4判変型上製/24頁/1,600円

おばぁさんふたり
ブルーの目
愛猫ラッキーと紡ぐ人生一大人の絵本。
小池ともみ 文 うた 絵
A4判変型上製/24頁/1,600円

グルームさんとしっぽの白いキツネ
六甲山開発の祖、アーサー・ヘスケス・グルームさんが、しっぽの白いキツネを助けたことから始まるあったかなお話し。
かめいすみお 文
山口恵子 絵
A4判変型上製/24頁/1,600円

石はおしゃべりだよ。ぼくと友達なんだ！
石の声
「石」と話をしてみよう。石から教えられたヨシオ君の心の旅をご一緒に。
あんがいおまる 作 うた 絵
A4判変型上製/24頁/1,600円

HEALTH

介護福祉士のための **精神保健ハンドブック**
精神保健指定医 正岡 哲 著
新書判/95頁/1,200円

家庭で作れる
薬膳料理
漢方医学の権威、張明澄先生監修。漢方の考え方を取り入れたバランスの良い薬膳料理が家庭でも。漢方薬だけでなく野菜の薬効についても解説。
自然美システム研究所 編/著
A4 判変型/148 頁/1,600 円

めざせ!からだ年齢マイナス10歳
硬く石のようになった筋肉は、神経の働きや血液の流れ、リンパの流れを悪くさせ、からだの調子が悪くなっていきます。これを矯正するのが「筋肉矯正健康法」です。
山本幸子 著
B6 判/168 頁/1,000 円

ファシリテーション・ボール・メソッド ハンドブック
~小さいFBの活用~
健康のために、FBM（ファシリテーション・ボール・メソッド）を楽しく続けよう！
FBM 研究会 著
A5 判/90 頁/1,000 円

DOCUMENTARY

青い原石
モデルから闇へ　そして笑いを創る
ゆりかおる 著
A5 判/180 頁/1,500 円

東日本大震災 語られなかった国交省の記録
──ミッションは「NO」と言わない──
道下弘子 著
B6 判/280 頁/1,200 円

科学を伝える
失敗に学ぶ科学ジャーナリズム
多くの失敗例が、ジャーナリストだけでなく、科学を読み解く様々な人々にとっての鍵となる一冊。
日本科学技術ジャーナリスト会議 編
A5 判/320 頁/1,500 円

明日泣きなさい
わたしの母は、102 歳まで生きました。その母の言葉「明日、泣きなさい」。今の私のささえになっています。
小池ともみ 著
B6 判/216 頁/1,300 円

三つ多く生きなさい
戦い、苦しみ、そして、憎しみからはなにも生まれない、と、生きかえる決意をする母。
小池ともみ 著
B6 判/244 頁/1,300 円

長生きするってめんどくさい
神さまからいただいた命、ありがたいけど、少しめんどう、長生きするって。
小池ともみ 著
B6 判/140 頁/1,200 円

戦国と落武者六人衆の真
花散る時
戦乱を生きた武将たち、そこに仕えた六人衆。その取り巻く背景に迫る！
岬　奈美 著
四六判/158 頁/1,500 円

髙嶋悠光と字てがみ

悠光の字てがみ365日
暮らしの中に字てがみを。
髙嶋悠光 著
B5 判/396 頁/3,800 円

悠光の **えと**
「えと　って知ってる？」「？ ？ ？」
「あなた　なにどし？」「ねずみどし！」
「それが　えと　だよ　ぜんぶ言える？」
髙嶋悠光 著
B6 判/132 頁/1,000 円

漢字のちから
悠光の漢字ことば
一字の漢字は小さな発見から人生の道しるべまでに発展する。
髙嶋悠光 著
B5 判変型/88 頁/1,300 円

ちょっと悩んだとき開けてみよう！
かんしゃできるえんがしあわせ
「今日あるのは廻りの人達にささえられたおかげ…」
髙嶋悠光 著
B5 判変型/76 頁/1,300 円

大阪弁で字てがみ **ぼちぼち！**
大阪弁はやらこうて、ええやろ！
髙嶋悠光 著
B5 判変型/80 頁/1,300 円

高嶋悠光と字てがみ／LIFE／FORTUNE

人生に役立つ名言を字てがみで楽しむ
明日への小さな光になれば・・・、そして、漢字一字にひそむ奥深さを味わっていただければ・・・。
髙嶋悠光 著
B5 判変型 /84 頁 /1,300 円

字てがみ教科書
初めて字てがみを始める人のために。
髙嶋悠光 著
B5 判 /52 頁 /2,000 円

字てがみ・母さん ありがとう
漢字一文字、短い言葉で、母への愛がこんなにも。
長谷川喜千 著
髙嶋悠光 監修
A5 判 /112 頁 /1,200 円

LIFE

考える方法
解決の思考・創造の思考・思考なき思考。
森本 武 著
A5 判 /152 頁 /1,300 円

負のデザイン
小規模な暮らしを実現するためのデザインの在り方を考え、人間の営みの中に見られる様々な無駄の検証を試みる。
森本 武 著
B5 判変型 /100 頁 /1,111 円

思考は生(いのち)を知らない クリシュナムルティと共に考える
人類は大昔に間違ってしまった。
森本 武 著
A5 判 /128 頁 /1,300 円

メジャーリーグのバッティング技術
清原和博に“ぼくのバイブル”と言わしめたバッティング分析。
塚口洋佑 著
B5 判 /180 頁 /1,800 円

とべ！極貧 焼け跡カモメの飛行〈伝承版〉
櫻井 公 著
B5 判変型 /212 頁 /1,600 円

放射性セシウムをプラチナに― 地球を変える男
放射性セシウムを無害化し、プラチナやバリウムに変換・生成する。
(工学博士) 大政龍晋 著
B6 判 /196 頁 /1,500 円

秘密の京都
京都初心者でなく、1~2 回は京都を観光している方で、そろそろマイスポットを見つけたい方におすすめの一冊。
田中英哉 著
B6 判 /80 頁 /1,000 円

成功者が書けない生き方の本 幸せを科学する パラダイムシフト
もうちょっとだけ幸せになりたい人へ、必読の書。読みすすめるうちに、あなたの新しい人生が始まることまちがいなし！
辻本加平 著
B6 判 /164 頁 /1,300 円

ここから始まる新しい世界 シニア人生を健康でゆたかに過ごすために。
人生 100 歳時代、健康で豊かな新しい世界へ旅立とう。
熊谷静雄 著
A5 判 /68 頁 /1,000 円

いい家塾の家づくり
家づくりを考えている方、まだまだ先だと思っている方にも、後悔しない家づくりのバイブル。
日本図書館協会選定図書
釜中 明 著
B6 判 /368 頁 /1,600 円

真逆を生きる
平成元年を境に世の中 180 度変わった。
釜中 明 著
A5 判 /260 頁 /1,600 円

テレビ・スマホを消したあとに見えてくるもの ―「大人になる」ための意外で簡単な方法―
最新の脳科学で明らかになってきた「デフォルト脳活動」、一人でボーッと何かを考えたり思い出したりしている状態の大切さ。
中村 昂 著
A5 判 /206 頁 /1,500 円

FORTUNE

元気で天寿全う
あなたの誕生日でわかる生まれ持った体質と寿命。
坂東笑土子 著
B6 判 /76 頁 /1,300 円

八字推命家暦 はちじすいめいかごよみ
坪根江里 著
A5 判 /212 頁 /8,000 円

EDUCATION／BUSINESS／中村 博の本

EDUCATION

語彙力強化の手引き **Vocabulary Building 1000**
藤枝善之 著
B5 判 /48 頁 /952 円
アメリカの新聞・雑誌でよく使われ、かつ TOEFL・TOEIC・英検のテストにしばしば出題される基本単語 400 をはじめ、大学生にとって重要な単語が 1000 以上納められている。

文法問題の要点 **Essential Grammar 250**
藤枝善之 著
B5 判 /48 頁 /952 円
既刊の「Vocabulary Building 1000」の姉妹編。
TOEFL・TOEIC・英検（準 1 級以上）の受験を目指す学生対象の文法問題集。

好きな花で生きがいを見つける
花の知恵・フラワーセラピー
田村記子 著
A5 判 /96 頁 /1,300 円
笑顔の花が咲くフラワーボランティア

上級日本語教材
留学生のための分野別学びの扉
編集 JASSO 日本語教育センター
B5 判 /210 頁 /2,300 円
優れた日本語力を身につけ、様々な分野について問題意識が持てるように編集されている学びの扉。

進学する留学生のための面接
編集 JASSO 日本語教育センター
B5 判 /144 頁 /880 円
日本の大学や大学院などへの進学を希望する外国人留学生に対する、これから面接を受ける人や、面接を受ける学生を指導される方の参考書。

日本語を学ぶ・日本語を教える人のための
クイズ にほんご日本事情
編集 JASSO 日本語教育センター
B6 判 /264 頁 /1,000 円
日本語学習者に日本語や日本の文化に興味を持ち、楽しく理解を深めてもらいたいと作成された一冊。

BUSINESS

この転換期を乗り切れる社長 乗り切れない社長
鹿毛俊孝 著
B6 判 /148 頁 /1,000 円
経営者は、いかに目標を決め、企画を立て、計画をすすめたらいいか。多くの実例を引きながら忠告する、経営者のバイブル。

NHK 女性経営者大学講義録
細うで事業成功のコツ
石田順一 著
B6 判上製 /216 頁 /1,600 円

みつばちマッチの物語
顧客満足はなぜ実現しないのか
川口雅裕 著
四六判 /120 頁 /1,200 円
顧客満足の実現なしには、企業もビジネスマンも成功はない。ではどうして、顧客満足を実現できないのか。条件は何なのか。

東洋的CEO ORIENTAL CEO
コルサック・チャイラスミサック 著
訳＝中村公世　監訳＝政光順二
B6 判 /168 頁 /1,300 円
日米に次ぐ世界第 3 位（店舗数）、躍進するタイのセブンイレブンを率いるコルサック氏。東洋の叡智の経営の神髄を説く。

ピケティを先取り、格差是正「人材、人財発想は時代遅れだ」
人才力
阪本亮一 著
B6 判 /80 頁 /880 円
就職、転職、昇給、昇進、経営、起業、自営を目指し、まだチャンスを掴めていない人に。

中村博の本

禁・大人はアカン！
大阪弁こども万葉集
中村　博 著
A5 判 /292 頁 /1,500 円
こどものための、大人も読める万葉集。全国のこどもたちに大ヒット中！

驚・これはビックリ！
大阪弁訳だけ万葉集
中村　博 著
A5 判 /286 頁 /1,500 円
万葉歌が大阪弁だけの訳で完成。古典嫌いで教養もないあなたに贈る、入門前の門前書！

怒・何をぬかすか兼好法師
大阪弁七七調徒然草
（附）七五調　方丈記
中村　博 著
A5 判 /292 頁 /1,500 円
ついに解き明かされた「ものぐるほしけれ」の謎 !!

梶原和義の本

梶原和義シリーズ　梶原和義 著　B6 判各 1,800 円他

ユダヤ人を中心にして世界は動いている
ユダヤ人問題は歴史の中の最大の秘密
ユダヤ人問題は地球の運命を左右する
イスラエルの回復は人類の悲願
ユダヤ人が回復すれば世界に完全平和が実現する
ユダヤ人問題は人間歴史最大のテーマ
ユダヤ人の回復は地球完成の必須条件
イスラエルが回復すれば世界は見事に立ち直る
とこしえの命を得るために 1 2 3 4 5 (4巻/2,000円　5巻/3,000円) (上製)
やがて地球は完成する
千年間の絶対平和
般若心経と聖書の不思議な関係 1 2 3
ユダヤ人と人類に与えられた永遠の生命 1 ～ 10 (上製)
死んでたまるか
死ぬのは真っ平ごめん
人類は死に完全勝利した
死は真っ赤な嘘
死ぬのは絶対お断り　上・下
我死に勝てり　上巻　中巻　下巻
死なない人間になりました　上巻　中巻　下巻
あなたも死なない人間になりませんか　上巻　中巻　下巻
死なない人間の集団をつくります
世界でたった１つの宝もの　上巻　中巻　下巻 (下巻/3,000円)
人類史上初めて明かされた神の国に入る方法 I ～ XI (上製)
般若心経の驚くべき功徳
般若心経には人類を救う驚くべき力がある
般若心経には文明を新しくする恐るべき秘密がある
般若心経は人間文化の最高の宝もの

人類史上初めて明かされた彼岸に入る方法 1 ～ 5　B6 判上製/3,000 円
究極の人間の品格 1 2 3　B6 判/160 頁/各 1,200 円
永遠の生命　知識と常識を超えて　B6 判/192 頁/1,165 円